Nemo von Falkenstein

Annikas Reise

Über das Buch:

Dieses Buch wurde, in der ursprünglichen Fassung, als Geburtstagsgeschenk für ein Mädchen namens Annabell geschrieben.
Es liefert den Hintergrund zu einem Armband, das sie dazu bekam, welches auf der Rückseite des Einbands abgebildet ist.
Die Handlung baut lose auf einer Kurzgeschichte auf, die sie schon früher als Geschenk erhielt, zusammen mit einem Paar Ohrsteckern. Diese Geschichte findet sich im Anhang des Buchs.
Es handelt sich hierbei um das erste Kinderbuch des Autors. Obwohl teilweise von realen Personen und deren Leben inspiriert, ist es als reine Fiktion zu betrachten!

Über den Autor:

Nemo von Falkenstein ist verheiratet und schreibt für zwei wundervolle Mädchen und ihre liebende Mutter. Im Alltagsleben ist er angehender Arzt, der im Schreiben einen Ausgleich zum anstrengenden und oft belastenden Arbeitsleben im Krankenhaus findet.

Er schreibt seit seiner Kindheit gern Geschichten und veröffentlichte – unter verschiedenen Pseudonymen – schon seit seiner Jugend diverse Kurzgeschichten und Lyrik.

Nemo von Falkenstein

Annikas Reise

Erschienen bei BoD – Books on Demand

Für Annabell, die wahre Annika.
Alles Gute zum 9. Geburtstag! Ich wünsche dir viel Freude mit dem Armband und dem Buch und hoffe, dass es dich ein bisschen führen kann, auf deiner eigenen Heldinnenreise.

Und für Annabells tapfere Mama, die mit dem kleinen Teufelchen liebevoll durch jede noch so schwierige Zeit geht.

Mein Dank geht an meine liebe Frau Theresa, die so viel Geduld mit mir hat, in schwierigen Jahren fest an meiner Seite stand und die mich selbst bei so etwas hier unterstützt.

Ferner danke ich meiner Autorenkollegin Nina M. Janitz, die mir mit ihrem Scherbenpuzzle gezeigt hat, dass man es auch einfach mal machen kann.

Impressum:

Bibliografische Information der Deutschen Nationalbibliothek: Die Deutsche Nationalbibliothek verzeichnet diese Publikation in der Deutschen Nationalbibliografie; detaillierte bibliografische Daten sind im Internet über dnb.dnb.de abrufbar.

Die automatisierte Analyse des Werkes, um daraus Informationen insbesondere über Muster, Trends und Korrelationen gemäß §44b UrhG („Text und Data Mining") zu gewinnen, ist untersagt.

Zweite Auflage (Erstauflage nicht im Handel publiziert)

© 2024 Nemo von Falkenstein
Herstellung und Verlag: BoD – Books on Demand, Norderstedt

ISBN 978-3-7583-7161-5

Einbandgestaltung und Buchillustration durch Norman Roscher, unterstützt durch generative künstliche Intelligenz von OpenAI, Inc.

„Das Mitgefühl mit allen Geschöpfen ist es, was Menschen erst wirklich zum Menschen macht."
(Albert Schweitzer)

Inhaltsverzeichnis

„Mitgefühl an die Schwachen ist verschwendet.
Helfe denen, die Hilfe verdienen und mache dir
jene untertan, die zu schwach sind, um gegen
dich zu bestehen!"
(Alaric Falkner)

Kapitel 1: **Konsequenzen**

Annikas Wutausbruch

In dem beschaulichen Ort Chirnanok, der malerisch zwischen scharf gezackten Bergen und einem glitzernden See lag, war es wunderschön, mit seiner klaren Luft und der märchenhaften Landschaft – doch eigentlich auch furchtbar langweilig. Bis zu einem Tag in der kleinen Grundschule des Dorfes. Im Klassenzimmer der dritten Klasse, in dem die Wände mit bunten Landkarten, farbenfrohen Basteleien und selbst gemalten Bildern geschmückt waren, herrschte ein gewohntes Säuseln von gedämpften Kinderstimmen. Die neunjährige Annika saß am hinteren Ende des Raums und ihre unzähmbaren Strähnen, deren Farben von Blond bis Kastanienbraun alles abdeckten, fielen vor ihre großen, blauen Augen. Schläfrig versuchte sie, sich auf die monotonen Worte des Lehrers zu konzentrieren.

Herr Gruber, ein Mann mit strengem Blick und einer Brille, die ständig auf der Nase herabrutschte, sprach über die Geschichte der Ortschaft. „Und so wurde Chirnanok zu einem sicheren Zufluchtsort für alle", schloss er mit einer dramatischen Geste.

Die Kinder raunten und tuschelten, aber Annika fühlte sich unbehaglich. Sie wusste, dass ihre Familie anders war; das Erbe ihres Vaters, des schwarzen Zauberers aus dem Dorf, lastete schwer auf ihr. In Gedanken versunken, kritzelte sie kleine Sterne und Monde an den Rand ihres Heftes.

„Annika!", rief Herr Gruber plötzlich. „Kannst du uns erzählen, wie unser Ort seinen Namen bekam?"

Erschrocken blickte das Mädchen auf. Alle Augen waren auf sie gerichtet. „Ähm, ich...", stammelte sie, ihre Wangen färbten sich rot. „Du solltest aufpassen, anstatt zu träumen", tadelte der Lehrer sie streng. „Das sagt schon dein Halbjahreszeugnis!"

Die Kinder begannen zu kichern und Annika spürte, wie die Wut in ihr hochstieg. Sie wollte nicht wütend werden, sie wusste, was dann passieren konnte! Aber es war, als ob etwas in ihr erwachte, etwas Wildes und Unkontrollierbares. Plötzlich zitterten ihre Hände und ein eisiger Wind begann im Klassenzimmer zu wehen. Die Kinder hörten auf zu lachen und starrten erstaunt auf Annika, während die Blätter ihrer Hefte in der kalten Brise raschelten.

„Annika, beruhige dich!", rief Herr Gruber, aber es war bereits zu spät. Annikas Magie war erwacht und sie konnte sie nicht mehr zurückhal-

2

ten.

Mit einer schnellen Bewegung ihrer Hand fegte ein unsichtbarer Stoß eine Reihe Bücher vom nächsten Regal und die Kinder schrien auf, als sie durch die Luft wirbelten. Annika wollte, dass es aufhörte, aber ihre Macht gehorchte ihr nicht. Das nächste, was passierte, geschah wie ein Blitz. Das Regalbrett riss mit einem lauten Krachen von der Wand und raste quer durch das Klassenzimmer. Es traf die gegenüberliegende Seite mit solcher Wucht, dass es dort stecken blieb, wie ein Speer, der in die Trockenbauwand geschleudert worden war. Staub wirbelte auf, und für einen Moment herrschte absolute Stille.

Die Kinder starrten mit aufgerissenen Augen auf das Brett, das nun gefährlich aus der Mauer ragte. Einige begannen zu weinen, andere saßen einfach nur da, zu schockiert, um sich zu rühren. Herr Gruber stand fassungslos da, unfähig zu begreifen, was gerade geschehen war. „Annika", flüsterte er, seine Stimme zitternd vor Unglauben. „Was hast du getan?"

Dieser standen die Tränen in den Augen. Sie wusste nicht, was sie sagen sollte. Sie hatte immer Angst gehabt, dass eines Tages so etwas passieren könnte. Jetzt hatte sie nicht nur sich selbst, sondern auch ihre Klassenkameraden in Gefahr gebracht.

„Es… Es tut mir leid", stotterte sie, ihre Stimme

ein kaum hörbares Flüstern. „Ich wollte das nicht."

Aber ihre Entschuldigung ging im Chaos unter, das indessen ausbrach. Kinder schrien und rannten aufgeregt umher; einige suchten Schutz unter ihren Tischen.

Herr Gruber eilte zu Annika und nahm sie bei der Hand. „Komm, Annika, wir müssen mit deiner Mutter sprechen!", sagte er ernst. Es war klar, dass dies kein gewöhnlicher Vorfall war, und dass das Mädchen Hilfe brauchte – Hilfe, die er ihm nicht geben konnte.

Auf dem Weg aus dem Klassenzimmer warfen die anderen Kinder ihr ängstliche Blicke zu. Sie flüsterten und tuschelten. Annika fühlte sich bloßgestellt und verlorener denn je. Sie wusste, dass nach diesem Vorfall alles anders sein würde.

Als sie aus dem Zimmer traten, ließen sie das Chaos hinter sich: Einen Raum voller verstreuter Bücher, einem zerstörten Regal und einer Klasse voller verstörter Kinder, zu denen nun – durch den Lärm aufgeschreckt – andere Lehrer aus dem Lehrerzimmer eilten.

Annikas Herz war schwer vor Schuld und Angst vor dem, was ihre unkontrollierte Zauberei noch anrichten könnte. Sie wusste, dass sie einen Weg finden musste, ihre Kräfte zu beherrschen, bevor noch Schlimmeres geschah.

Elterngespräch

Nach dem Vorfall im Klassenzimmer ging Herr Gruber schweigend mit Annika durch die stillen Sträßchen von Chirnanok. Sein Gesicht war ernst, während er die Hand seiner Schülerin festhielt. Das Mädchen, das sich so klein und verloren fühlte wie noch nie, wagte es nicht, ihm in die Augen zu sehen.

Sie erreichten das bescheidene Haus am Rande des Dorfes, in dem die kleine Familie in einer sanierungsbedürftigen Dreizimmerwohnung lebte. Herr Gruber klingelte an der Tür und Marlene, Annikas Mutter, öffnete.

„Frau Falkner", nickte der Mann. „Gut, dass ich Sie hier antreffe. Da der Laden über Mittag geschlossen ist, nahm ich an, dass Sie zu Hause sind."

Annika, die wie ein geprügelter Hund dreinschaute, trat schüchtern hinter ihrem Lehrer hervor. Marlenes Gesicht, normalerweise ruhig und sanft, verriet sofort Sorge, als sie ihre Tochter in diesem Zustand sah.

„Was ist passiert?", fragte sie, während sie Annika in die Arme nahm.

Herr Gruber räusperte sich. „Es gab einen Vorfall in der Schule. Annika ist… ihre Magie entglitten. Ein Regalbrett wurde durch den Raum geschleudert."

„Wurde jemand verletzt?", wollte die Mutter er-

5

schrocken wissen.

„Nein." Der Lehrer schüttelte den Kopf. „Sie hat uns nur einen gehörigen Schrecken eingejagt. Und das Klassenzimmer braucht eine Renovierung…"

Die Frau seufzte tief und führte sie ins Wohnzimmer. „Bitte, setzen Sie sich!", lud sie ihn ein.

„Ich weiß, dass das schwer zu verstehen ist. Annika hat Probleme, ihre Magie zu kontrollieren. Es passiert immer dann, wenn sie wütend oder aufgeregt ist. In der Regel aber eher subtil. Jemand ärgert sie, und später passiert diesem Jemand ein… Missgeschick." Sie blickte beschämt zu Boden.

Herr Gruber setzte sich steif auf einen Stuhl. „Ich muss zugeben, dass ich schockiert bin. Ich wusste nicht, dass ihre Kräfte so… intensiv sind."

Marlene nickte. „Ihr Vater war ein mächtiger, dunkler Hexer. Er kämpfte im magischen Krieg, als schwarzer Meister, an der Seite von Merlock dem Dreizehnten."

Herr Gruber zog scharf die Luft ein. „Ihr Mann war bei den Dunklen Kräften?"

„Ja", antwortete Marlene leise. „Aber er war nicht immer so! Als ich ihn kennenlernte, war er ganz anders. Alaric war freundlich, lustig und mitfühlend. Er wurde nur verführt und fehlgeleitet. Und ich… Ich war hilflos, als er sich verän-

derte. Ich habe keine magischen Kräfte, wissen Sie?"

Herr Gruber schüttelte den Kopf, offensichtlich unbehaglich bei dem Gedanken, dass der Vater seiner Schülerin für solch finstere Taten verantwortlich war. „Das hätte alles sehr schlimm enden können, wenn die Fraktion des Lichts den Krieg nicht gewonnen hätte. Für uns alle."

„Ich weiß." Marlene wischte sich verstohlen die Tränen aus den Augen. „Als mir klar wurde, zu was er geworden war, nahm ich die Mädchen und floh. Wir zahlen heute noch den Preis dafür…"

Während sich der Lehrer noch fragte, welcher Preis das wohl sein mochte, fuhr sie fort: „Es fällt mir schwer, Annika zu erziehen. Mit Seraphina, meiner älteren Tochter, ist es einfacher. Sie ist ängstlich, aber sie hat keine Zauberkräfte."

„Ich verstehe", sagte der Mann kühl. „Aber wir müssen an die Sicherheit der anderen Kinder denken. Annika kann so nicht in der Schule bleiben!"

„Was?", rief die erschrocken.

Marlene sah auf, dieses Mal mit unverhohlenen Tränen in den Augen. „Bitte, geben Sie ihr noch eine Chance! Sie ist kein schlechtes Kind. Sie ist nur… verloren."

Herr Gruber stand auf, sein Gesichtsausdruck

unverändert streng. „Ich werde sehen, was ich tun kann. Aber ich mache keine Versprechungen."

Nachdem der Lehrer gegangen war, saß Marlene neben Annika, die still weinte. „Du musst lernen, deine Wut zu kontrollieren, Annika!", sagte sie sanft, aber mit Dringlichkeit in der Stimme. „Wir können nicht zulassen, dass das, was mit deinem Vater passiert ist, sich bei dir wiederholt. Deine Magie ist mächtig und du musst lernen, sie verantwortungsvoll zu nutzen."

Annika nickte, schluchzend. „Ich will keine böse Hexe sein, Mama! Ich will niemanden verletzen."

„Ich weiß, mein Schatz." Marlene umarmte sie. „Und ich glaube dir. Aber wir müssen hart daran arbeiten. Du darfst deine Macht nicht aus Wut oder Angst einsetzen. Wir müssen einen Weg finden, sie zu kontrollieren."

Annika wischte sich die Tränen ab. „Aber wie? Ich weiß nicht, wie ich das machen soll. Und die Zauberschule will mich ja nicht haben!"

„Sie haben nur Angst." Marlene wiegte ihre Tochter sanft in der Umarmung. „Angst, dass du zu gefährlich sein könntest, wenn du deine Kräfte beherrschst, aber nicht dich selbst."

„Und wie soll ich das lernen, wenn es mir niemand beibringen will?", schniefte das Mädchen.

„Wir werden Hilfe suchen", antwortete ihre Mutter entschlossen. „Es gibt Bücher und vielleicht auch Menschen, die uns helfen können. Wir sind nicht allein in dieser Situation."

„Ich habe Angst, Mama", flüsterte Annika. „Ich will nicht enden wie Papa."

„Das wirst du nicht", versicherte Marlene ihr. „Du bist deine eigene Person, Annika. Du hast ein gutes Herz. Und solange du dich daran erinnerst, wer du wirklich bist und was du sein willst, wirst du den richtigen Weg finden."

Sie saßen eine Weile in Stille, Annika in den Armen ihrer Mutter, und spürten die Last der Vergangenheit und die Unsicherheit der Zukunft. Marlene wusste, dass der Weg vor ihnen schwierig sein würde. Die Schatten des Krieges und ihres verstorbenen Mannes waren immer noch präsent, aber sie war entschlossen, Annika durch diese schwierige Zeit zu helfen.

„Wir werden das gemeinsam durchstehen", versprach Marlene, während sie ihre Tochter festhielt. „Schritt für Schritt. Du bist nicht allein."

Annika fühlte sich ein wenig getröstet, die Angst und Unsicherheit blieben jedoch. Sie wusste, dass der Weg zur Kontrolle ihrer Magie lang und voller Herausforderungen sein würde. Aber mit der Unterstützung ihrer Mutter an ihrer Seite fühlte sie sich bereit, sich diesen Herausforderungen zu stellen und zu beweisen, dass sie

mehr war als das Erbe ihres Vaters.

Am See

Die Oberfläche des Luminarasees funkelte im
goldenen Licht der untergehenden Sonne, einge-
bettet in die malerische Landschaft von Chirnanok. An seinem Ufer saß Annika, umgeben von
der ruhigen Schönheit der Natur. Das Wasser
schien sie mit offenen Armen zu empfangen.
Doch selbst diese Idylle konnte nicht die Last
lindern, die auf den kleinen Schultern ruhte. Ihre
Augen, die noch Spuren von Tränen zeigten,
starrten sehnsüchtig auf das Wasser, in der Hoffnung, Luna zu erblicken: Ihre einzige Freundin.
Wie aus dem Nichts tauchte sie schließlich auf:
Die weise Merrow mit ihrer blassgrünen Haut,
die im letzten Licht des Tages schimmerte, und
den langen, seegrünen Haaren, die sich sanft in
den Wellen wiegten. „Hallo, Annika!", grüßte
sie mit einer Stimme, die so beruhigend war wie
das sanfte Plätschern des Wassers.
„Hallo, Luna!", erwiderte das Mädchen mit vor
Kummer bebender Stimme.
„Erzähle mir, was passiert ist, Süße!", forderte
die sie freundlich auf. Ihre grünen Augen leuchteten in der Abendsonne, während sie sich ele-
gant durch das Wasser bewegte und näher ans
Ufer kam.

Annika atmete tief ein und ließ die frische, feuchte Luft ihre Lungen füllen, bevor sie begann, von dem Vorfall in der Schule zu berichten. Sie sprach von der unkontrollierbaren Magie, die aus ihr herausgebrochen war, von der ständigen Ablehnung an der Zauberschule und von ihrer tiefen Angst, in die Fußstapfen ihres Vaters zu treten.

Als die Wasserfrau sanft ihre kühle, feuchte Hand an die Wange des Mädchens legte, spürte Annika fröstelnd die scharfen Krallen und die Schwimmhäute zwischen ihren Fingern. „Du bist nicht dein Vater, Annika. Du bist ganz anders."

„Du kanntest meinen Vater?", fragte sie; ihre Augen weiteten sich vor Überraschung.

„Ja, ich kannte Alaric", antwortete Luna nachdenklich. „Er war als Junge so anders. Fröhlich, liebevoll und neugierig auf die Welt. Wir haben zusammen am Ufer gespielt, haben die Sterne beobachtet und von großen Abenteuern geträumt."

Annika hing an den Lippen ihrer Freundin, fasziniert von dieser unbekannten Seite ihres Vaters.

„Aber dann", fuhr die Merrow fort, „begann er sich zu verändern. Er wurde angezogen von den dunklen Aspekten der Magie. Unsere Wege trennten sich, als er sich den dunklen Mächten

hingab. Es war, als hätte ich einen Freund verloren und einen Fremden an seiner Stelle gefunden."

„Ich will nicht so werden wie er", flüsterte Annika mit angsterfüllter Stimme.

„Und das wirst du auch nicht", erwiderte Luna bestimmt. „Du hast ein gutes Herz, Annika. Du bist mitfühlend und freundlich. Erinnere dich an die Male, als du den Schwächeren geholfen hast, wenn sie in der Schule geärgert wurden! Oder die Elster mit dem gebrochenen Flügel, die du wieder gesund gepflegt hast, nachdem sie an eure Balkontür geknallt war! Das macht dich aus, nicht die dunkle Vergangenheit deines Vaters."

Ein Gefühl der Erleichterung durchflutete das Mädchen. Die Worte ihrer Freundin gaben ihr Kraft und Hoffnung.

„Ich werde mit meiner Cousine Cassiopeia sprechen", sagte Luna. „Sie lebt im See bei der Zauberschule und kennt den Rektor. Vielleicht kann sie ein gutes Wort für dich einlegen."

Annikas Herz machte einen Sprung. „Das würdest du für mich tun?"

„Natürlich", lächelte die Merrow. „Ich glaube an dich. Du hast eine strahlende Zukunft vor dir, Annika. Lass sie dir nicht von den Schatten der Vergangenheit verdunkeln!"

Als es der Himmel war, der sich verdunkelte,

und der erste Stern am Firmament erschien, fühlte sich das Mädchen gestärkt. Die Geschichten über ihren Vater und die aufbauenden Worte hatten sie mit neuem Mut erfüllt.

„Danke, Luna!", sagte sie, ein Lächeln umspielte ihre Lippen.

Mit einem letzten Winken tauchte das magische Wesen in die Tiefe des Sees ab. Annika stand auf, ihr Herz deutlich leichter als zuvor. Sie blickte über das Wasser, auf dem sich nun der Mond spiegelte, und fühlte eine tiefe Verbindung zu diesem Ort, zu Luna und zu dem Pfad, den sie nun beschreiten wollte.

Der Weg zurück nach Hause fühlte sich weniger beschwerlich an als der zum See, obwohl die Dunkelheit sie nervös machte und sie bei Geräuschen plötzlich aufschrecken ließ. Doch Annika ging mit einem neuen Gefühl der Entschlossenheit, getragen von der Hoffnung, die ihre Freundin ihr gegeben hatte. Die Kühle des Abends umhüllte sie, und der sanfte Wind trug die versöhnlichen Laute der Natur zu ihr.

Sie dachte über Lunas Worte nach, über das Bild ihres Vaters als Junge, das so anders war als das, was sie immer gehört hatte. Es erinnerte sie daran, dass jeder Mensch mehrere Facetten hatte und dass das Leben aus Entscheidungen bestand. Sie würde ihre eigenen treffen! Sie wollte den Weg der Güte und des Lichts wählen, egal

wie schwer es manchmal sein mochte.

Zu Hause angekommen, fand sie ihre Mutter in der Küche, die gerade das Abendessen vorbereitete. Marlene sah ihre Tochter an und spürte sofort, dass sich etwas verändert hatte.

„Annika, da bist du ja endlich! Du sollst doch nicht mehr allein draußen sein, wenn es dunkel wird. Alles in Ordnung?"

„Ja, Mama", antwortete Annika. „Ich habe mit Luna gesprochen. Sie wird versuchen, mir zu helfen, in die Zauberschule zu kommen. Und ich... Ich habe beschlossen, dass ich nicht wie Papa sein werde. Ich werde meinen eigenen Weg gehen!"

Marlene lächelte und öffnete ihre Arme für eine Umarmung. „Das ist wunderbar, mein Schatz! Und das wirst du ganz sicher. Du hast so viel Gutes in dir."

In dieser Nacht ging Annika mit einem Gefühl der Zuversicht zu Bett. Sie wusste, dass der Weg vor ihr nicht leicht sein würde, aber sie war bereit, ihn auf sich zu nehmen. Mit der Liebe ihrer Mutter, der Unterstützung von Luna und ihrem eigenen starken Willen würde sie zeigen, dass sie die Tochter ihres Vaters war, aber nicht sein Schatten. Sie war Annika, und sie würde ihr eigenes Licht in die Welt bringen!

Die Aufgaben

In der schummrigen Erdgeschosswohnung, die mehr von der Vergangenheit erzählte, als von der Hoffnung auf eine bessere Zukunft, kämpfte Annika mit dem Schlaf. Die Nacht hatte ihre Schatten durch die Risse der Vorhänge geworfen, die das Mondlicht in einem kaleidoskopischen Muster auf den Boden brachen. Das Zimmer, das sie mit Seraphina teilte, war in dieser Nacht zu ihrer eigenen kleinen Insel geworden. Ihre große Schwester hatte, wieder einmal, nebenan bei ihrer Mutter Zuflucht vor den Schrecken ihrer Träume gesucht.

Als das monotone Ticken der alten Wanduhr von einem sanften, doch dringlichen Tappen am offenen Fenster unterbrochen wurde, setzte Annika sich auf. Ihre Augen, an das Dunkel gewöhnt, entdeckten schließlich eine pechschwarze Gestalt auf der Fensterbank. Flauschiges Fell wurde von der kühlen Frühlingsluft zerzaust. „Hallo, Annika", erklang eine Stimme, die klar und ruhig durch die Nacht schnitt. „Ich bin Nepomuk."

„Eine sprechende Katze...", murmelte Annika fassungslos, während sie den Umriss im Mondschein musterte. Seine grünen Augen glühten in der Finsternis, als Nepomuk behände ins Zimmer sprang.

„In Chirnanok gibt es noch viele Geheimnisse",

schnurrte er. „Wunder, die deine Vorstellungskraft übersteigen."

Der Kater schritt leichtfüßig auf das Stockbett zu, in dessen unterer Etage Annika lag. „Das Aufnahmekonsortium der Zauberschule hat beschlossen, dir eine Chance zu geben, dich zu beweisen. Scheinbar hast du Freunde, die sich für dich eingesetzt haben."

Das Mädchen lächelte – Lunas Cousine hatte offenbar Wort gehalten.

„Ich bin hier, um dir sieben Aufgaben zu stellen", fuhr Nepomuk fort, während er sich setzte. „Sie sind der Schlüssel zu deiner Zukunft und der deiner Familie."

Die Katze begann, in Ruhe ihre Vorderpfote zu belecken.

„Sieben Aufgaben?", wiederholte Annika ungeduldig und setzte sich auf. „Aber wie…"

Nepomuk unterbrach sie. „Die Aufgaben sind so gewählt, dass sie dir helfen werden, zu wachsen und deine Fähigkeiten zu meistern. Du wirst Entscheidungen treffen müssen, die nicht nur dich, sondern auch das Schicksal anderer beeinflussen werden."

Sie lauschte den Worten des Katers, die in der dunklen Stille des Zimmers eine unnatürliche Schwere hatten.

„Die erste Aufgabe wird es sein, deine Mutter wieder glücklich zu machen. Die Zweite wird es

sein, deiner Schwester Seraphina zu helfen, das Dunkel zu durchbrechen, das ihre Träume und ihren Verstand umgibt. Die Dritte: Vertreibe den Geist, der im Keller deiner Schule spukt."

Annikas Augen weiteten sich bei jeder neuen Aufgabe, bei jedem neuen Rätsel, das es zu lösen galt.

„Die vierte: Zeige Tapferkeit im Angesicht der Tränen der Fee, die in den Staub der Vergangenheit geweint wurden. Die Fünfte: Rette einen treuen Gefährten, der unter der Knute eines grausamen Herrn leidet. Die Sechste: Hilf einem gefallenen Mann und erkenne seinen wahren Wert. Und die Siebte, die vielleicht die schwerste sein wird: Brich den Fluch, der auf deinem Namen lastet, und bringe das Licht zurück in das Herz deiner Familie."

„Aber wie soll ich das alles…?"

Der Kater fauchte ungehalten, als sie ihn unterbrach. „Du wirst Hilfe erhalten."

Sie beobachtete fasziniert, wie sieben wunderschöne Schmetterlinge, mit blau-grün schillernden Flügeln, durch das Fenster herein flatterten und sich am Bett und der Wand um sie herum niederließen.

„Diese werden dich begleiten und führen. Wann immer du eine der Aufgaben erfüllst, wird sich einer davon in ein Schmuckstück verwandeln. Bewahre es sorgsam auf! Die Schmetterlinge

werden zu sieben Gliedern eines Armbands werden, das schließlich das Zeichen deiner bestandenen Prüfung sein wird."

Als Nepomuk mit diesen Worten schloss, wandte er sich zum Gehen. Doch bevor er wieder durch das Fenster verschwand, regte sich etwas auf dem kleinen Tisch, auf dem Annikas und Seraphinas Schulhefte lagen. Eines davon blätterte sich auf, wie von Geisterhand, und auf einer Seite, die zuvor leer war, standen nun die sieben Aufgaben in geschwungener Schrift niedergeschrieben.

Der Mond warf sein bleiches Licht auf die Seite und die Worte schimmerten wie Silberfäden auf dem Papier. Nepomuk war weg, aber das Heft und die darin geschriebenen Aufgaben waren der Beweis, dass er keine Traumgestalt gewesen war.

Mit einem schweren Atemzug schloss Annika das Schreibheft, ihre Finger strichen über den Einband, als wollte sie die Realität der Worte sichern. Sie verbarg es unter ihrem Kissen, ihr Herz schlug schnell vor Erwartung und Aufregung.

Sie dachte darüber nach, wie sie wohl ihre Mutter glücklich machen könnte, die erste Aufgabe auf der Liste, während sie die Silhouetten der Schmetterlinge um sie herum betrachtete.

Beim ersten Licht der Morgendämmerung wür-

de sie aufstehen – nicht als das Mädchen, das sie gestern gewesen war, sondern als eine Zauberin auf einer Mission, die das Schicksal ihrer Familie verändern sollte.

Kapitel 2: **Der Beginn einer Reise**

Ein Meer von Blüten

Als die Morgensonne durch das Fenster des kleinen Zimmers in Chirnanok schien, erwachte Annika in ihrer unteren Etage des Stockbetts.

Sie streckte sich und spürte den kühlen Boden unter ihren nackten Füßen. Gähnend blickte sie nach oben, zu Seraphinas verwaisten Daunen.

Sie seufzte, als sie sich erinnerte, wie ihre große Schwester in der vorigen Nacht wieder panisch ins Bett ihrer Mutter geflüchtet war.

Annika griff unter ihr Kissen und zog das Heft hervor, das die Aufgaben von Nepomuk enthielt.

Die geschwungenen Worte auf der Seite bestätigten ihr, dass die nächtliche Begegnung mit der sprechenden Katze kein Traum gewesen war.

Der Tag begann mit einer Notlüge, in der Annika behauptete, dass sie in die Schule gehen würde. Falls der Lehrer sie wieder wegschicken würde, versprach sie, würde sie ihre Mama sofort bei der Arbeit anrufen, damit sie nicht allein zu Hause sein müsste.

Nachdem Seraphina zur Schule und Marlene zu

ihrem Arbeitsplatz im örtlichen Lebensmittelladen aufgebrochen waren, machte sich Annika auf den Weg zum Blumenladen in der Hauptstraße von Chirnanok. Zuvor hatte sie die alte Kaffeedose aus dem Regal neben ihrem Bett geplündert, in der sie ihre gesamten Ersparnisse aufbewahrte.

Der malerische Ort war geprägt von alten Fachwerkhäusern und verschnörkelten Altbauten, die ein nostalgisches Gefühl von Ruhe und Vergangenheit ausstrahlten.

Im Laden begrüßte Frau Weber, die Besitzerin, die kleine Rebellin mit einem warmen Lächeln.

„Hallo, Annika! Wie kann ich dir helfen?", fragte sie.

„Ich möchte unseren Garten verschönern", erklärte Annika und zeigte ihr gespartes Geld. Ihre Hände zitterten leicht, als sie die Münzen und zerknüllten Scheine auf den Tresen legte.

Frau Weber, die über die schwierige Situation der Falkners Bescheid wusste, sah das Geld und dann das hoffnungsvolle Gesicht des Mädchens.

„Komm, wir finden etwas Schönes für dich", sagte sie mitfühlend.

Gemeinsam durchstöberten sie die Regale und Kisten des Ladens. Frau Weber wählte pflegeleichte Pflanzen aus und gab hilfreiche Tipps, welche Blumen am längsten blühen würden. Sie nahm sich Zeit, das Mädchen zu beraten und

wählte Gewächse, die den kleinen Garten vor ihrer Wohnung in ein Blütenmeer verwandeln würden.

Als Annika ihr gespartes Taschengeld zusammenzählte, war schnell klar, dass es nicht annähernd ausreichen würde. Frau Weber sah das enttäuschte, kleine Gesicht. Die aufsteigenden Tränen, die in den großen, blauen Augen glitzerten. Dann traf sie eine Entscheidung.

„Ich gebe dir einen Rabatt", sagte sie mit einem Lächeln. „Du bist so ein tapferes Mädchen. Ich möchte dir helfen."

„Vielen Dank, Frau Weber!", rief Annika, ihre Augen leuchteten jetzt vor Freude.

Sie verließ den Laden mit einem Bündel von Pflanzen und einfachen Gartengeräten in dem roten Bollerwagen, den ihre Mutter gern zum Einkaufen verwendete. Lächelnd malte sie sich aus, wie sie den tristen, kleinen Vorgarten in eine Blütenoase verwandeln würde.

Zu Hause machte sich Annika sofort an die Arbeit. Sie jätete Unkraut, lockerte die Erde und pflanzte die neuen Blumen ein. Ihre Hände wurden schmutzig und die kräftige Frühjahrssonne brannte auf ihrem Rücken, während ihr der Schweiß über das Gesicht rann. Aber das Gefühl, etwas Schönes zu erschaffen, gab ihr Kraft.

Sie lächelte, als sie ihre sieben Schmetterlinge beobachtete, während sie sich auf den neuen

Blumen niederließen. Glücklich begannen sie, mit ihren kleinen Rüsseln den Nektar aus den Blüten zu schlürfen.

Als Marlene abends von der Arbeit zurückkehrte, war sie überrascht über die Verwandlung des Gartens. „Annika, das hast du alles gemacht?", fragte sie. Ihr Gesicht erstrahlte in einem Lächeln, das aus der Tiefe ihres Herzens zu kommen schien. Auch wenn sie es versuchte, sie konnte ihrer Tochter nicht wirklich böse sein, dafür, dass sie sie wegen der Schule belogen hatte.

„Ja, Mama. Ich wollte dir eine Freude machen", antwortete Annika, stolz und glücklich, die leuchtenden Augen ihrer Mutter zu sehen.

Für einen Moment schien alles perfekt. Der Garten blühte, und die Miene ihrer Mutter war wie ein Sonnenstrahl, der die Dunkelheit in Annikas Herz vertrieb. Sie umarmten sich, und in dieser Umarmung lagen eine Wärme und ein Trost, die sie alle Sorgen für einen Moment vergessen ließen.

Der dunkle Schatten

Während der Mond über Chirnanok auf dem See glitzerte und die zerklüfteten Berge mit fahlem Licht überzog, saß Annika in dem Zimmer, das sie sich mit ihrer elfjährigen Schwester Seraphi-

na teilte. Der sanfte Mondschein, der durch das Fenster fiel, verlieh dem Raum einen beruhigenden, silbernen Glanz. Seraphina saß auf ihrer Matratze im oberen Teil des Stockbetts, ihre Beine baumelten leicht über den Rand.

„Phina", sagte Annika sanft, während sie auf ihrem Bett saß und zu ihrer Schwester hochschaute. „Möchtest du mit mir über das sprechen, was dir Angst macht? Vielleicht kann ich ja irgendwie helfen."

Die Ältere blickte einen Moment lang nachdenklich drein, dann nickte sie langsam. Ihre großen, ängstlichen Augen schimmerten dunkelbraun im Mondlicht. Ihre weichen, braunen Locken umrahmten ihr blasses, sorgenvolles Gesicht.

„Es fühlt sich an wie ein Schatten", fing sie leise an. „Etwas Dunkles, das mich in der Nacht verfolgt. Es ist, als würde es über uns schweben. Uns immer beobachten, um uns weh zu tun, wann immer es kann."

„Was genau meinst du damit?", fragte Annika, ihre Stimme voller Mitgefühl.

„Es ist schwer zu erklären", murmelte Seraphina. „Es ist, als ob der böse Geist unseres Vaters noch immer bei uns wäre. Als ob er uns weiterhin verfolgte, selbst nach seinem Tod."

Annika verspürte einen kalten Schauer. Sie kannte das Gefühl: Ihr Vater war eine ständige,

dunkle Präsenz in ihrem Leben. „Wir werden einen Weg finden, ihn zu überwinden, Phina. Wir müssen zusammenhalten", sagte sie entschlossen.

„Ich versuche es, Niki, aber es ist so schwer", flüsterte sie. „Manchmal fühlt es sich an, als würde er mich erdrücken. Oder als würde ich seinen eisigen Atem direkt im Nacken spüren, während er nach mir greift."

Annika stand auf und kletterte die Leiter zum oberen Bett hinauf. Sie setzte sich neben ihre Schwester und legte sanft einen Arm um sie. „Unser Papa ist tot, Phina. Er kann uns nichts mehr tun. Du brauchst keine Angst vor ihm zu haben", sprach sie beruhigend.

Sie unterhielten sich in der Nacht weiter, teilten Ängste und Hoffnungen und fanden Trost in ihrer Verbundenheit. In der Stille des Zimmers, nur gestört vom sanften Wispern des Windes, des Tickens der Uhr und dem leisen Rauschen des Sees in der Ferne, fühlten sie sich ein bisschen weniger allein mit ihren Sorgen.

Tage am See

In den folgenden Tagen verbrachte Annika ihre Zeit am Ufer des Luminarasees, in Begleitung ihrer weisen Merrow-Freundin.

Für Marlene war es eine mehr als seltsame Er-

fahrung, mit einem schleimigen, grünen Frosch zu sprechen, der in Wirklichkeit Luna war: Menschen ohne magische Begabung waren nicht in der Lage, die Merrows in ihrer wahren Gestalt wahrzunehmen. Stattdessen sahen sie nur einen gewöhnlichen Frosch oder Fisch.

Annika übersetzte die Worte ihrer Freundin für ihre Mutter, da Marlene nur das Quaken des Frosches hörte, den sie anstelle der ebenso grünen Frauengestalt sah.

„Pass bitte auf sie auf, Luna!", bat Marlene besorgt, während sie auf die Amphibie blickte. „Ich vertraue darauf, dass du ein gutes Auge auf Annika hast."

„Quak!", antwortete das glitschige Tier, was Annika als „Natürlich, ich werde auf sie aufpassen." übersetzte.

„Ich habe über 300 Jahre erlebt und zehn wundervolle Töchter großgezogen", erzählte Luna. „Aber lass bitte das Alter weg!", fügte sie mit peinlich berührtem Blick hinzu.

„Sie sagt, sie hat viel Erfahrung mit Kindern", grinste Annika daher.

Marlene sah ihre Tochter und den Frosch noch einmal an, dann nickte sie. „Okay, ich vertraue euch. Seid vorsichtig!"

Sie wandte sich zum Gehen, aber drehte sich dann doch noch einmal um. „Oh, und… Es wäre besser, wenn niemand Annika hier sehen würde!

Was wir ganz sicher nicht gebrauchen können, ist auch noch das Jugendamt. Nicht, dass denen jemand steckt, dass ich meine Tochter den ganzen Tag allein mit einem Frosch am See lasse."
Sie machte sich auf den Weg zur Arbeit und hoffte, dass ihr kleines Mädchen bei dieser ungewöhnlichen Babysitterin in guten Händen war.

Als sie allein waren, in einem bewaldeten Abschnitt des Ufers, wohl verborgen vor ungewollten Blicken, wandte sich Annika an Luna. „Danke, Luna! Deine Cousine hat mir sehr geholfen."
„Quak! Quak, quak!", neckte die Merrow und Annika lachte.
„Nein, wirklich!"
Sie erzählte ihrer Freundin von der Nachricht der Zauberschule und ihrer Herausforderung. Sie diskutierten die möglichen Bedeutungen der Aufgaben und überlegten gemeinsam, wie Annika sie erfüllen könnte.
„Vielleicht solltest du als Nächstes den Geist in der Schule angehen?", schlug Luna vor. „Dort weißt du zumindest, wo du suchen musst und was zu tun ist."
„Das klingt nach einem Plan", stimmte Annika zu. „Ich weiß nur nicht, wie ich mit einem Geist umgehen soll. Wie vertreibt man den?"
„Geister haben oft unerledigte Geschäfte oder

suchen nach Erlösung", erklärte Luna. „Finde heraus, was dieser Geist benötigt und vielleicht kannst du ihm helfen! Dann musst du ihn nicht vertreiben, sondern er wird gern gehen, um Ruhe zu finden."

Annika nickte nachdenklich. „Ich werde es versuchen."

Die Tage am See waren für Annika eine willkommene Abwechslung. Sie lernte viel über die Natur und die magische Welt von Luna. Die Merrow erzählte ihr Geschichten von ihren eigenen Kindern und ihren Abenteuern. Luna dachte oft an Alaric, Annikas Vater, als er noch ein Junge war. Sie erinnerte sich an die glücklichen Zeiten, bevor es immer dunkler um ihn wurde.

„Er war einmal mein Freund", sagte Luna leise. „Aber er hat sich verändert. Es tut mir leid, dass er euch dann so viel Kummer bereitet hat."

„Ich wünschte, ich hätte ihn gekannt, bevor er böse wurde", sagte Annika nachdenklich.

„Manchmal können Menschen sich verändern, und nicht immer zum Guten", antwortete Luna. „Aber du, Annika, du hast die Wahl, deinen eigenen Weg zu gehen."

Das Mädchen sah über den glitzernden See und fühlte sich entschlossen. Sie würde nicht den Weg ihres Vaters gehen. Sie würde ihre eigenen Entscheidungen treffen und für das Gute kämpfen. Mit der Unterstützung von Luna und dem

Glauben an sich selbst wusste sie, dass sie die Aufgaben bewältigen und ihrer Familie helfen konnte. Sie war bereit, sich den Herausforderungen zu stellen, die vor ihr lagen. Bereit, die Dunkelheit zu durchbrechen, die ihre Familie umgab.

Der Fluch

Die Tage am Luminarasee waren für Annika eine Zeit der Ruhe und des Nachdenkens, doch etwas bedrückte sie zutiefst. Jeden Abend, wenn sie nach Hause zurückkehrte, bemerkte sie, wie der kleine Garten vor ihrer Wohnung langsam verwelkte. Sie goss und düngte eifrig. Aber trotz all ihrer Bemühungen, die Pflanzen am Leben zu erhalten, gingen die Blumen allmählich ein. Die bunten Blüten wurden zu schmutzigem Braun und das Grün verlor seine Farbe.

Mit jedem Tag, der verging, wurde das einst blühende Beet trostloser. Annika konnte es kaum fassen, dass ihre harte Arbeit so schnell zunichtegemacht wurde. Ihre anfängliche Freude verwandelte sich in tiefe Traurigkeit.

Eines Abends, als der Garten nur noch ein toter Schatten seiner selbst war, deprimierender als je zuvor, setzte sich Annika zu ihrer Mutter auf das alte, abgenutzte Sofa im Wohnzimmer. Tränen standen in ihren blauen Augen, als sie die Worte

fand, um ihre Enttäuschung auszudrücken.

„Mama, warum sterben alle Pflanzen? Ich habe doch alles versucht, damit sie leben!"

Marlene sah ihre Tochter mit einem Ausdruck von Mitgefühl und Trauer an. Sie nahm Annikas Hand und sprach mit leiser, zitternder Stimme: „Es ist Zeit, dass ich dir etwas erzähle. Etwas über deinen Vater und den Fluch, der auf unserer Familie lastet."

Annika hörte zu, während ihre Mutter von Alaric erzählte. Von dem guten Mann, der er einst war, von seiner allmählichen Verwandlung in einen dunklen Hexenmeister und dem Krieg, in dem er fiel. „Als ich mit euch floh, um euch vor ihm zu schützen – du warst damals noch ein Baby – da war er wutentbrannt. Er verfluchte uns und bestimmte, dass wir ohne ihn niemals glücklich sein können."

„Ein Fluch?", wiederholte Annika ungläubig. „Ist das der Grund, warum der Garten stirbt? Weil wir ohne Vater nicht glücklich sein dürfen?"

Marlene nickte schwer. „Ja, mein Schatz. Ich fürchte, das ist der Grund. Alles, was uns Freude bereiten könnte, wird durch den Fluch zerstört." Sie wischte sich eine Träne aus dem Auge. „Deshalb läuft bei uns immer alles schief."

Annika schluckte, als sich in ihrem Kopf immer mehr Puzzleteile zusammenfügten.

„Wo ist Vater begraben?", fragte sie plötzlich.

Marlene seufzte tief. „Es gibt kein Grab für deinen Vater. Nachdem er und seine Männer die Schlacht verloren hatten, wurden ihre Körper von den siegreichen Zauberern der Fraktion des Lichts zusammengetragen. Sie wurden auf einem großen Haufen mit einem Feuerzauber verbrannt. Es blieb nichts als feine Asche übrig, die der Wind verwehte."

„Das bedeutet, es gibt keinen Ort, an dem wir ihn finden können?", fragte Annika leise.

„Nein, es gibt keinen solchen Ort", bestätigte Marlene. „Alles, was von ihm blieb, wurde vom Wind fortgetragen. Es ist, als ob die Welt versucht hätte, die Erinnerung an das Böse, das er verbreitete, auszulöschen."

Annika fühlte sich überwältigt von dieser Offenbarung. Der Gedanke, dass ihr Vater, den sie nie gekannt hatte, ein so unpersönliches, fast ehrloses Ende gefunden hatte, war schwer zu begreifen. „Das ist so traurig", murmelte sie.

„Ja, es ist traurig", stimmte Marlene zu und schloss ihre Tochter in die Arme. „Aber es erinnert uns auch daran, dass die Taten eines Menschen Konsequenzen haben. Nicht nur für ihn selbst, sondern auch für diejenigen, die nach ihm kommen. Wir leben jetzt mit den Folgen deines Vaters. Und es liegt an uns, den Fluch zu brechen und uns von seinem Schatten zu befrei-

en.“

In den folgenden Tagen verrottete der Garten vollends zu einem stinkenden Haufen Kompost.

Annika verbrachte weiterhin Zeit mit Luna am See, aber die Freude, die sie dort fand, wurde von der Last des Fluches überschattet.

Sie sprach mit der Merrow über das Werk dunkler Magie und über ihre Sorgen. Die hörte geduldig zu und bot Trost und Unterstützung an.

„Du bist stark, Annika. Stärker, als du vielleicht denkst. Und du bist nicht allein.“

Annika nickte, die Worte ihrer Freundin in sich aufnehmend. Der Weg zur Überwindung des Fluches würde schwierig sein, aber sie war fest entschlossen, ihn zu finden. Für sich, ihre Schwester und ihre Mutter.

Sie wusste, dass sie bald handeln musste, doch im Moment sah sie keinen Weg, dies zu tun.

Bestärkt durch Luna beschloss sie daher, sich als Nächstes auf die Jagd nach dem Geist im Schulkeller zu machen.

Kapitel 3: **Das Königreich Chirnanok**

Geisterjagd

Sie zögerte vor der alten Holztür, die in die dunklen Tiefen des Schulkellers führte. Ein kühler Luftzug wehte Annika entgegen, als sie den eisernen Griff umklammerte und die knarrende Tür aufstieß. Die Dunkelheit darunter schien fast greifbar, und sie konnte hören, wie ihr eigener Atem sich mit einem leisen Echo vermischte. Sie wünschte, sie wüsste, wo man das Licht einschalten konnte. Doch andererseits war ihr Vorhaben leichter im Dunkeln.

Ihre Schmetterlinge ließen sich an der Wand neben der Tür nieder. Als ob sie die Präsenz im Keller spürten, wollten sie Annika nicht dort hinunterbegleiten.

„Wirklich?", murmelte sie. „Feiglinge…"

Gleichzeitig dachte sie daran, dass sie dort unten auf den Hausmeister treffen konnte. Der war nicht weniger unheimlich als ein Geist: Unter den Schülern erzählte man sich die schlimmsten Geschichten über ihn. Von einem geheimen Folterkeller war die Rede, in dem er freche Schüler bestrafte… Sie schüttelte heftig den Kopf, um den Gedanken zu vertreiben. Das war sicher nur

Blödsinn!

Nervös machte sie den ersten Schritt in die Dunkelheit.

Mit einer kleinen, flackernden Taschenlampe in der Hand stieg sie die knarzenden Stufen hinab. Staub wirbelte auf und der Lichtkegel warf groteske Schatten an die feuchten Wände. Jedes Geräusch schien laut in der Stille zu hallen: das Tropfen von Wasser, das ferne Rumpeln alter Rohre und ein gelegentliches Rascheln, von dem sie hoffte, es würde nur von einer Maus stammen.

Ihr Herzschlag war so deutlich hörbar wie das leise Ticken der alten Uhr, die irgendwo über ihr in den leeren Gängen der Schule hing, und das mit jedem weiteren Schritt allmählich verhallte. Die Kälte, die den Keller durchzog, war mehr als nur die Abwesenheit von Wärme; sie war durchdringend, als würde sie versuchen, in ihre Knochen zu kriechen.

Das Licht ihrer Lampe war nur ein schwacher Trost, als es die staubigen Ecken des Kellers erleuchtete, wo Spinnweben wie alte Vorhänge hingen. Jedes Mal, wenn ihr Atem in der kühlen Luft sichtbar wurde, fühlte sie sich, als würde sie einen Geist heraufbeschwören – und genau das hatte sie ja vor!

Als sie vorsichtig den Gang entlang schlich, begannen die Schatten zu flüstern. Ein plötzliches

Geräusch ließ sie aufschrecken: Eine entfernte Tür knallte mit einem lauten Schlag zu, gefolgt von einem Echo, das durch die stillen Räume hallte. Annika hielt inne, ihre Hand fest um die Taschenlampe geklammert, während sie ein flaues Kribbeln in ihrem Bauch spürte und lauschte. Nichts. Nur Stille. Dann, als sie weiterging, ein Knarzen hinter ihr, als ob ihr alte Schuhe folgen würden.

Zittrig setzte sie ihren Weg fort, den engen Gang entlang, der sich vor ihr erstreckte. Jeder Schritt fühlte sich an wie eine Ewigkeit. Ein weiteres Knarren, lauter und näher dieses Mal, und dann das klirrende Geräusch von Metall, das auf den Steinboden fiel. Annika fuhr herum – nur um zu sehen, dass eine alte Schaufel zu Boden gefallen war, scheinbar von selbst.

Ihre Taschenlampe, die bisher treu ihre Umgebung erhellt hatte, flackerte plötzlich. Und dann, mit einem letzten Zucken des Lichts, versagte sie. Finsternis umhüllte Annika, dicht und undurchdringlich. Ihr Herz schlug bis zum Hals, als sie sich gegen die wachsende Panik wehrte und verzweifelt versuchte, die Leuchte wiederzubeleben.

In der Dunkelheit begannen die Geräusche. Ein Weinen, so leise, dass es kaum mehr als ein Hauch war, ein Wispern, das nicht menschlich klang. Ein entsetzliches Stöhnen. Die Kälte griff

nach ihr und sie konnte fühlen, wie sie eine Gänsehaut bekam. Sie schluckte schwer, ihre Kehle trocken vor Angst.

„Komm schon…", murmelte sie, schüttelte die Taschenlampe, und mit einem zitternden Klicken sprang das Licht wieder an. Sie keuchte erleichtert, nicht realisierend, dass sie den Atem angehalten hatte.

Als sie sich dem Heizungskeller näherte, begann die feuchte Luft zu vibrieren, als ob sie mit Energie geladen wäre. Die Türen entlang des Korridors begannen zu zittern. Dann, eine nach der anderen, schlugen sie laut zu. Es war, als würde eine unsichtbare Gestalt durch den Gang stürmen. Genau in Annikas Richtung. Sie rannte, das Echo ihrer Schritte vermischt mit dem wilden Knallen der Türen.

Endlich erreichte sie den warmen, dämmrig beleuchteten Heizungskeller, ihr sicherer Hafen inmitten des Chaos. Aber als sie über die Schwelle sprang, fiel die Tür hinter ihr mit einem lauten Schlag ins Schloss und sie war allein; gefangen mit dem Geist, den sie suchen sollte.

Und dann sah sie ihn: eine Erscheinung aus einer anderen Welt – den Geist. Eine bläulich schimmernde Gestalt, die im Halbdunkeln schwebte. Er war durchscheinend, mit wehenden Gewändern, die im Nichts zu enden schienen. Seine Erscheinung war traurig, ein Abbild

von Verlust und Schmerz, das in seinem unnatürlich verzerrten Gesicht eingefroren war. „Wa… Warum bist du hier?", flüsterte Annika, trotz der Angst, die sie fühlte. „Was hält dich in diesen Wänden gefangen?" Die Erscheinung sah sie an, ihre schwarzen Augen tiefe Brunnen des Kummers. In ihrer Anwesenheit fühlte sich Annika seltsam berührt, als ob sie eine Verbindung zu ihrem Leid herstellen konnte. Sie wusste, dass sie nicht hier war, um diese Gestalt zu bekämpfen, sondern um ihr zu helfen.

„Ich werde dir helfen, Frieden zu finden", sagte sie. Das Gespenst schien auf ihre Worte zu lauschen. In der Stille des Kellers, unter seinem wachsamen Blick, fühlte Annika eine Entschlossenheit in sich aufsteigen. Sie würde stark sein, für sich selbst, für Seraphina, für ihre Mutter. Und sie würde anfangen, indem sie dieser verlorenen Seele half, ihren Weg nach Hause zu finden.

Der König von Chirnanok

Die Dunkelheit des Heizungskellers war erfüllt von einem bläulichen Schimmern. Eine Aura von Melancholie und längst vergangenen Zeiten umgab den Geist. Seine durchsichtige Erscheinung flackerte leicht, als sie sich ihm vorsichtig

näherte.

„Wer bist du?", fragte sie schüchtern, ihre Stimme ein leises Echo im stillen Dämmerlicht.

„Mein Name ist Annika."

Die Gestalt drehte sich langsam zu ihr, ihr Gesicht traurig und grotesk verzerrt, aber doch irgendwie erhaben.

„Ich bin König Emeric, einst Gatte der Herrscherin von Chirnanok", antwortete er mit einer hallenden Stimme. Sie klang, als käme sie direkt aus einer anderen Welt.

Annika spürte eine Mischung aus Ehrfurcht und Neugier.

„Chirnanok?", wiederholte sie. „Ich dachte, das sei nur ein einfaches Dorf."

„Das ist es heute", begann Emeric. „Aber Chirnanok war einst ein mächtiges Königreich. Ein Ort voller Magie und Güte. Es wurde durch ein magisches Gesetz geschützt, das unserem Volk Wohlstand und Frieden versprach."

Seine Worte malten Bilder einer vergangenen Ära, einer Zeit der Pracht und der Wunder.

„Bitte, erzählen Sie mir mehr!" Annika war gefangen von der Geschichte.

„Das Reich wurde von einer starken und gütigen Königin regiert. Ich, als ihr König, stand ihr zur Seite", fuhr Emeric fort. „Unser Land blühte durch die Liebe und Stärke ihrer Herrschaft. Das Wohl des Königreichs spiegelte sich in der

Reinheit des Herzens seiner Königin wider."

Das Mädchen lauschte gebannt, während der Geist fortfuhr. „Unsere Felder waren fruchtbar, unsere Flüsse und Seen klar und voller Leben. Chirnanok war ein Paradies. Ein Ort, an dem Magie und Natur in Harmonie existierten."

„Aber, warum hat es dann nicht überlebt?", fragte Annika. Ein Gefühl der Traurigkeit überkam sie bei dem Gedanken an den Verlust eines solchen Ortes.

Emerics Gestalt schien für einen Moment intensiver zu leuchten, als er die Geschichte von Chirnanoks Untergang erzählte. „Das Schicksal unseres Reiches änderte sich dramatisch, als das Unheil über uns hereinbrach. Neider versuchten andauernd, uns unser Glück und unseren Wohlstand zu rauben, und wir mussten uns immer wieder verteidigen. So fiel ich, jenseits der Grenzen unserer sicheren Heimat, im Duell mit einem Piratenkönig, bevor ich der Königin eine Tochter als Thronerbin schenken konnte. Unsere Linie endete mit mir, und mit meinem Tod begann der Verfall von Chirnanok."

„Warum brauchte die Königin denn unbedingt eine Tochter?", wollte Annika wissen.

„Unser Reich wurde durch eine matriarchalische Verfassung beherrscht", erklärte Emeric, woraufhin Annika ihn fragend anblickte. „Das magische Gesetz versprach, dass Chirnanok in Wohl-

stand und Frieden erblühen würde, solange es von einer guten Königin, mit reinem Herzen, Liebe und Stärke geführt würde. Doch ohne eine Thronerbin, eine direkte Nachfahrin der Königin, konnte das Gesetz nicht bestehen."

„Also hing das Schicksal des gesamten Reiches von der Geburt einer einzigen Prinzessin ab?", fragte Annika ungläubig.

„Ja", antwortete der Geist. „Es war der Wille des magischen Gesetzes und wir waren ihm unterworfen. Als ich starb, hinterließ ich eine Königin ohne Erbin. Damit verlor Chirnanok seinen Schutz und seine Kraftquelle. Was einst ein glorreiches Königreich war, wurde binnen weniger Jahrzehnte zu einem Schatten seiner selbst."

„Und was geschah mit der Königin?", wollte Annika wissen, tief berührt von der Geschichte.

„Sie regierte so lange sie konnte, aber ohne die magische Verbindung zu einer Thronerbin verblasste ihr Einfluss. Das Land verfiel, die Magie schwand, Plünderer fielen über das Reich herein und die Bürger bekämpften sich gegenseitig um das, was noch geblieben war."

Ein gruseliges, gequältes Seufzen entfuhr dem Geist.

„Die Menschen vergaßen allmählich die Geschichte unseres Königreichs. Fast 1000 Jahre sind vergangen, seit Chirnanok zerbrach! Was übrig blieb, ist dieses Dorf, das immer noch un-

seren Namen trägt", sprach Emeric, mit mehr als einer Spur von Wehmut in seiner Stimme.

Annika fühlte sich überwältigt. Die Vorstellung, dass das heutige Dorf einst Hauptstadt eines großen und magischen Königreichs gewesen war, ließ sie staunen.

„Und Sie, König Emeric, warum sind Sie noch hier? Was hält Sie gefangen?", wollte sie wissen.

Das Gespenst stöhnte so, dass dem Mädchen ein eisiger Schauer den Rücken hinab lief. „Ich kann keine Ruhe finden, solange das Schicksal von Chirnanok ungelöst bleibt. Mein Herz, obgleich es schon längst nicht mehr schlägt, hängt an diesem Land und ich kann mich nicht davon lösen. Vielleicht, Annika, bist du diejenige, auf die ich ein Jahrtausend lang gewartet habe! Du hast den Mut gehabt, mit mir zu sprechen, und in dir spüre ich eine besondere Stärke und Magie. Könntest du gar die Erbin von Chirnanok sein?"

Annika schüttelte ungläubig den Kopf. „Ich? Wie könnte ich…?" Ihre Gedanken überschlugen sich. Die Idee, die Erbin eines untergegangenen Königreichs zu sein, war so fantastisch wie beängstigend.

„Es gibt einen Weg, das herauszufinden", sagte Emeric. „Du musst Virenna finden, die Hüterin der Prinzessinnen von Chirnanok! Sie wird dir

helfen, dein Schicksal zu erkennen."

„Virenna", wiederholte Annika, als sie sich den Namen einprägte.

Emeric begann, von ihr zu erzählen. „Virenna war die gute Fee, die die Prinzessinnen von Chirnanok seit der Gründung unseres Reiches durch das magische Gesetz betreute. Über fünfhundert Jahre lang war sie Wächterin, Freundin, Lehrerin und Kindermädchen für jede Thronerbin."

Annika lauschte aufmerksam. „War sie auch bei Ihrer Königin?"

„Ja", antwortete Emeric. „Sie diente meiner Königin mit Hingabe und Liebe. Aber nach dem Fall von Chirnanok und dem Tod meiner lieben Cheandra zog sich Virenna zurück. Sie versteckte sich vor der Welt, trauernd um das verlorene Königreich und seine Bewohner."

„Wo kann ich sie finden?", fragte Annika, mit Entschlossenheit in ihrer Stimme.

„Das weiß niemand genau", entgegnete der Geist. „Virenna verschwand in den Schatten der Geschichte. Aber sie hütet etwas sehr Kostbares – die Tränen der Fee, die einst von den Prinzessinnen von Chirnanok getragen wurden. Es sind Kristalle, geboren aus der Essenz reinen Herzens und starker Magie."

„Und wenn ich sie finde? Was dann?", wollte Annika wissen, aufgeregt von den Tränen der

Fee zu hören, die auch in Nepomuks Aufgaben vorkamen.

„Du musst dich Virenna als würdig erweisen. Sie wird prüfen, ob in dir das Herz einer wahren Prinzessin schlägt. Wenn sie dich für würdig hält, wird sie dir die Tränen der Fee schenken. Mit ihnen kannst du zur neuen Prinzessin von Chirnanok erhoben werden und eine neue Blutlinie begründen."

Annika fühlte, wie eine Mischung aus Furcht und Aufregung in ihr aufstieg. „Aber wie kann ich mich als würdig erweisen? Ich weiß so wenig über Magie oder das Königreich!"

„Du hast Mut und ein reines Herz, Annika", sagte Emeric. „Das sind die wahren Qualitäten einer Herrscherin. Virenna wird das erkennen. Sie wird in dir das sehen, was Chirnanok benötigt, um wieder aufzuerstehen."

„Ich werde mein Bestes geben", erklärte Annika entschlossen. „Ich werde Virenna finden und ihr zeigen, dass ich eine Prinzessin sein kann!"

„Ich glaube an dich, Annika", sagte der Geist. „In dir sehe ich ein Licht, das Chirnanok wieder zum Blühen bringen kann. Und dann werde ich endlich Ruhe finden."

Die letzten Worte verhallten zwischen den Kesseln und Rohren, während sich die Erscheinung des Königs in Luft auflöste.

Als Annika den Heizungskeller verließ, fühlte

sie sich, als hätte sie eine neue Last auf ihre Schultern genommen. Die Suche nach Virenna und das Erbe von Chirnanok waren eine gewaltige Aufgabe. Doch tief in ihrem Herzen wusste sie, dass dies ihr Weg war; der Weg, um nicht nur ihre Familie, sondern auch ein verlorenes Königreich zu retten.

Sie wusste, dass sie mehr über Virenna und die Geschichte von Chirnanok lernen musste. Vielleicht würde Luna, ihre treue Freundin und Mentorin, mehr wissen. Womöglich hätte sie sogar einen Hinweis, wo Virenna sich aufhalten könnte.

Mit jedem Schritt aus dem Keller, hinaus in die angenehm wärmende Sonne, die über Chirnanok schien, fühlte Annika, wie sich ihre Entschlossenheit verfestigte. Sie würde die Herausforderung annehmen und alles in ihrer Macht Stehende tun, um Virenna zu finden und die Tränen der Fee zu erhalten.

In ihr regte sich die Hoffnung, dass sie, Annika Falkner, vielleicht diejenige sein könnte, die das magische Erbe von Chirnanok wiederbeleben und das Königreich zu neuem Glanz führen könnte. Wer brauchte da noch eine Zauberschule?

Mit diesem Gedanken machte sie sich auf den Weg, um die nächste Etappe ihrer unglaublichen Reise zu beginnen.

Die Suche nach Virenna

Der nächste Tag brach an über Chirnanok und Annika machte sich auf den Weg zum Luminarasee. Sie war fest entschlossen, mehr über Virenna und das verschwundene Königreich herauszufinden. Der See, umgeben von den sanft rauschenden Bäumen und einer ruhigen Aura, war der perfekte Ort, um ihre Gedanken zu ordnen und Rat bei Luna, ihrer treuen Merrow-Freundin, zu suchen.

Als sie am Ufer ankam, spiegelte sich die Sonne im glitzernden Wasser und die friedliche Stille wurde nur durch das sanfte Plätschern der Wellen unterbrochen. Luna tauchte, wie immer, fast magisch aus den Tiefen des Sees auf. Ihre smaragdgrünen Augen funkelten vor Neugier.

„Annika!", rief sie fröhlich. „Was führt dich heute zu mir?"

Die atmete tief durch, die Ereignisse von gestern wirbelten noch in ihrem Kopf. „Luna, ich muss mit dir über den Geist im Schulkeller sprechen. Ich habe herausgefunden, dass sein Name Emeric war, er war mal König von Chirnanok!"

Lunas Augen weiteten sich bei der Erwähnung des Namens. „König Emeric?", wiederholte sie erstaunt. „Das ist ja eine unglaubliche Entdeckung!"

„Er sagte, ich könnte die Erbin von Chirnanok sein", fuhr Annika fort. „Und er sprach von Vi-

renna, der Fee, die früher die Prinzessinnen betreut hat. Ich soll sie finden, um meine Bestimmung zu erfüllen. Weißt du etwas über sie, oder wo sie sein könnte?"

Luna schüttelte nachdenklich den Kopf. „Virenna... Ihr Name ist legendär, aber ich habe sie nie gekannt. Ich lebe zwar schon lange, aber selbst ich wurde weit nach dem Untergang von Chirnanok geboren. Alles, was ich über sie weiß, sind Geschichten und Legenden."

Annikas Herz sank ein wenig. Sie hatte gehofft, Luna würde mehr wissen. „Aber gibt es irgendwelche Hinweise, wo ich anfangen könnte zu suchen?"

„Es heißt, Virenna habe sich damals in die Ruinen des königlichen Schlosses zurückgezogen", antwortete Luna. „Aber von dem Schloss ist nicht viel übrig, und sein Standort ist im Laufe der Jahrhunderte in Vergessenheit geraten."

„Ein Schloss?", murmelte Annika nachdenklich. „Das kann doch nicht einfach so verschwinden!"

„Die Natur holt sich mit der Zeit alles zurück", erklärte die Merrow. „Aber das Archiv von Chirnanok könnte alte Karten oder Aufzeichnungen haben, die dir helfen mögen."

„Was ist ein Archiv?", wollte das Mädchen wissen.

„Dort werden alte Dokumente aufbewahrt",

führte ihre Freundin aus. „Du findest es wahrscheinlich im Rathaus oder in der Bücherei."

Annika nickte entschlossen. „Ich werde es versuchen. Vielleicht finde ich dort etwas, das mir den Weg zu Virenna weist!"

Luna lächelte ermutigend. „Ich glaube an dich, Annika. Du hast das Herz einer wahren Entdeckerin. Denk daran, dass die Vergangenheit oft Schlüssel für die Zukunft birgt."

Mit einem Gefühl von Hoffnung und einer neuen Richtung im Kopf verabschiedete sich Annika von ihrer Freundin und machte sich auf den Weg zur Bibliothek. Sie wusste, dass sie vor einer großen Herausforderung stand. Aber die Aussicht, mehr über das verlorene Königreich Chirnanok und ihre mögliche Verbindung dazu zu erfahren, beflügelte sie.

Staub und Papier

Der nächste Tag brachte einen trüben Nachmittag, an dem Annika die kleine Gemeindebücherei von Chirnanok erreichte. Der Eingang zur Bibliothek lag versteckt zwischen hohen Hecken und alten Bäumen, die ihre Zweige wie schützende Arme über das alte Gemäuer legten.

Sie öffnete die knarzende Holztür und trat ein in eine Welt voller Geschichten und Geheimnisse.

Das Innere der Bücherei war ein Labyrinth aus

Regalen, die bis zur Decke mit Büchern aller Art gefüllt waren. Staubige Sonnenstrahlen, die gerade durch den bewölkten Himmel brachen, fielen durch die alten Bleiglasfenster und tauchten den Raum in ein mystisches, goldenes Licht und lebhafte Schatten.

In der Mitte des Raumes, umgeben von hohen Bücherstapeln, saß ein alter Mann, der als „Märchenopa" bekannt war; ein Spitzname, den ihm die Kinder des Dorfes gegeben hatten. Mit seinem gepflegten, weißen Spitzbart und einer Brille mit kleinen, halbmondförmigen Gläsern sah er fast aus wie ein gutmütiger Zauberer aus einer der Geschichten, die er so gern erzählte.

„Guten Tag, junge Dame!", grüßte er Annika mit einer warmen Stimme, die fast so raschelte, wie das Papier der Bücher um ihn herum. „Was führt dich in meine kleine Welt der Wunder?"

„Ich möchte mehr über das Königreich Chirnanok wissen", antwortete Annika zaghaft. „Besonders über das Schloss, das hier mal stand."

Der alte Mann lehnte sich auf seinem bequemen Bürostuhl zurück und legte das Buch, das er gelesen hatte, zur Seite. Er faltete die Hände auf seinem rundlichen Bauch, die Ellenbogen auf den Armlehnen des Stuhls ruhend.

„Ah, das Königreich Chirnanok", begann er mit einem verträumten Lächeln. „Ein Land voller Zauber und Legenden. Es war einmal ein mäch-

tiges Reich, regiert von weisen Königinnen und mutigen Königen an ihrer Seite. Aber wie bei allen großen Geschichten liegt auch im Fall von Chirnanok Wahrheit und Erfindung nah beieinander."

Er erhob sich schwerfällig und führte Annika zu einem abgelegenen Regal, wo alte, ledergebundene Bücher ruhten. Er zog eines heraus, blies den angesammelten Staub von seiner Oberseite und blätterte durch die vergilbten Seiten. „Hier, das könnte dich interessieren." Er reichte ihr ein antikes Buch mit dem Titel: *Die vergessenen Königreiche: Chirnanok*

„Sieh mal hier!" Er zeigte auf einen verblichenen Kupferstich. „Das war das Herz von Chirnanok. Das Schloss, einst ein Prunkstück voller Leben und Magie. Heute ist von seiner einstigen Pracht nichts mehr übrig als ein paar alte Steine und Legenden."

Annika bestaunte das märchenhafte Gemäuer mit seinen vielen Türmen und Spitzen und malte sich aus, wie die Prinzessinnen wohl einst darin gelebt hatten.

„Wo genau stand das Schloss?", fragte sie, während sie die Seiten umblätterte.

„Am nördlichen Rand unseres Dorfes. Dort, wo heute der Friedhof und der kleine Kiefernwald sind. Nur ein kleiner Teil des Kellers existiert noch, versteckt unter der alten Friedhofskapelle.

Dort, so sagt man, war der Eingang zu den geheimen Gängen des Schlosses."

Annika hörte fasziniert zu, als der Märchenopa anfing, Geschichten über das Schloss zu erzählen. „Es heißt, dass in den Kellergewölben Schätze verborgen sind, bewacht von Geistern der Vergangenheit. Und man munkelt, dass dort ein Portal in eine andere Welt existiert, ein Tor zu unentdeckten Geheimnissen!"

Seine Augen leuchteten, als er in die Welt der Fantasie eintauchte. „Stell dir vor, ein Schloss voller verborgener Räume, gespenstischer Korridore und magischer Kreaturen. Es gab einen Raum, der nur bei Vollmond sichtbar wurde und in dem die Zeit stillstand! Und in einem anderen Raum wuchsen Bäume, die Grotusbäume, die in der Dunkelheit leuchteten und deren Blätter Melodien flüsterten."

Annika hing an seinen Lippen, verzaubert von den Bildern, die seine Worte in ihr wachriefen. „Haben Sie jemals versucht, das Schloss zu finden? Oder was noch davon da ist?", fragte sie neugierig.

Der alte Mann lächelte weise. „Ach, meine Abenteuerzeit ist vorbei. Aber ich habe als Junge oft von den Geheimnissen des Schlosses geträumt. Und wer weiß, vielleicht gibt es dort draußen noch einen mutigen Entdecker, der das Rätsel von Chirnanok lösen wird? Oder eine

Entdeckerin", zwinkerte er.

Annikas Gedanken kreisten um das mystische Schloss, als sie vorsichtig das Buch zurückgab und sich zum Gehen wandte. „Danke für Ihre Hilfe!", sagte sie mit einem Lächeln auf den Lippen. „Viel Glück auf deiner Reise, Annika!", rief der Märchenopa ihr nach. „Und denke daran: manchmal sind die größten Schätze die Geschichten, die wir in unseren Herzen tragen." Mit einem neuen Gefühl der Entschlossenheit verließ Annika die Bücherei. Sie wusste, dass ihre Reise gerade erst begonnen hatte und sie vielleicht diejenige war, die die Geheimnisse von Chirnanok lüften könnte.

Schatten von Glanz

Nachdem Annika die Bibliothek verlassen hatte, machte sie sich auf den Weg zum Friedhof von Chirnanok. Die schweren Wolken am Himmel hingen wie eine aschgraue Decke über dem Ort und ein leichter Nieselregen begann zu fallen. Annikas Haare klebten ihr bald nass im Gesicht, aber sie ließ sich nicht davon beirren, während ihre Schmetterlinge ausschwärmten und unter hervorstehenden Dachkanten Schutz suchten, damit ihre empfindlichen Flügel nicht nass wurden. Mit jedem Schritt auf dem von Moos be-

deckten Pfad fühlte die kleine Abenteurerin, wie sich die Geschichte des alten Königreichs um sie herum entfaltete.

Der Friedhof, eine stille Oase der Erinnerung, lag am Rande des Dorfes. Annika schlüpfte durch das rostige Tor und bewegte sich vorsichtig zwischen den Grabsteinen hindurch. Ihr Ziel war die alte Kapelle, ein verwittertes Bauwerk aus grob behauenem Stein, das von Efeu umschlungen und von der Zeit gezeichnet war.

Die kleine Kirche stand einsam und bedrückend am Ende des Gräberfelds, umgeben von hohen, alten Bäumen, deren Blätterdach das schwache Licht des bedeckten Himmels abfing. Ihre Mauern waren mit Flechten bedeckt und die Fenster, einst farbenfroh und leuchtend, waren nun trüb und mit Spinnweben überzogen. Stille herrschte fast greifbar, nur unterbrochen vom leisen Plätschern der verbogenen Dachrinne und dem Knarren der Äste.

Sie näherte sich dem alten Gemäuer, dessen Keller, wie der Märchenopa erzählt hatte, Geheimnisse bergen sollte. Es stand direkt an der Friedhofsmauer, und in dem schmalen Spalt dazwischen fand Annika einen versteckten Zugang: ein Kellerfenster ohne Glas. Sie zwängte sich durch den engen Schacht in das Dunkel darunter.

Im Inneren des Kellers roch es muffig und

feucht. Annika holte ihre Taschenlampe hervor und schaltete sie ein. Der Lichtstrahl tanzte über alte Kisten, verstaubte Regale und Spinnweben, die wie silberne Fäden im schwachen Licht glänzten. Sie tastete sich vorsichtig vorwärts, ihr Herzschlag deutlich in ihren Ohren.

Der Raum war erfüllt von der Schwere vergangener Tage. Jeder Gegenstand schien eine eigene Geschichte zu erzählen, verborgen unter Jahrzehnten des Vergessens. Annika berührte vorsichtig eine alte, mit Tüchern bedeckte Holzkiste und spürte den rauen, klammen Stoff unter ihren Fingerspitzen.

Sie zuckte zusammen, als plötzlich etwas neben ihr schepperte. Hastig richtete sie den Lichtschein auf die Quelle des Geräusches und stellte erleichtert fest, dass es nur eine piepsende Ratte war, die in einer alten Messingschale saß und sich putzte.

Sie suchte weiter, ließ den Lichtkegel über Wände, Kisten, abgestellte Kirchenbänke und Trödel wandern. Dann, hinter einem alten Wandbehang, entdeckte sie schließlich eine versteckte Tür. Sie war aus schwerem, wurmstichigem Holz und quietschte protestierend, als Annika sie öffnete. Vor ihr erstreckten sich ausgetretene, steinerne Stufen, die in die Tiefe führten. Mit jedem Schritt, den sie die Treppe hinabstieg, fühlte sie sich, als würde sie tiefer in die Vergangenheit

von Chirnanok eintauchen.

Unten angekommen, fand sie sich in einer hohen Kaverne wieder, die einst aus makellosem, weißem Marmor bestanden haben musste. Jetzt war sie nur noch ein Schatten ihrer früheren Pracht. Die Kreuzbögen der Decke wurden von Säulen getragen, die von der Zeit zernagt waren. Mehrere Gänge führten von dem Saal ab, doch sie waren alle von Geröll und Trümmern versperrt. Eingestürzt vor langer Zeit. Kein Durchkommen.

Die Luft war kühl und still, als hätte sie das Gewölbe seit Jahrhunderten nicht verlassen. Annika fühlte sich wie eine Entdeckerin in einem vergessenen Tempel, auf der Suche nach verlorenen Schätzen. Sie konnte sich den Prunk vorstellen, den dieser Ort einst ausgestrahlt hatte. Die Eleganz der kunstvoll gemeißelten Säulen und die Feinheit der Mosaiken, die inzwischen von den Wänden abgefallen, oder am Boden unter Schutt und Staub verborgen waren. Mit Schaudern dachte sie daran, dass sie nun genau unter dem Friedhof stehen müsste, und an die Toten, die über ihrem Kopf begraben lagen.

Doch ganz offensichtlich war sie nicht die Erste, die diesen Ort entdeckt hatte. Der uralte Saal war vollgestellt mit ernüchternd neuem Gerümpel der Kirchengemeinde. Weihnachts- und Osterdekoration, Klapptische, Stühle und Kartons

lagen halbwegs ordentlich aufgestapelt herum. Annika durchsuchte jeden Winkel, in der Hoffnung, etwas zu finden – ein Portal in eine andere Welt, einen Hinweis auf Virenna, irgendetwas Magisches. Doch außer einer neugierigen Maus, weiteren Spinnweben und Staub fand sie nichts. Keine Spur von der Fee oder den Geheimnissen, die sie sich erhofft hatte.

Sie stieß einen tiefen Seufzer aus, als sie die Nutzlosigkeit ihrer Suche erkannte. Dieser Ort, einst ein Zentrum der Macht und Magie, war jetzt nur noch ein vergessener Raum – gefüllt mit langweiligen Dingen, inmitten der Überreste einer längst vergangenen Ära.

Enttäuscht stieg Annika wieder die Stufen hinauf und kletterte durch den Fensterschacht ins Freie. Als sie wieder draußen war, hörte sie Stimmen. Eine Gruppe von Menschen hatte sich an einem Grab neben der Kapelle versammelt. Schnell entschied sie, nicht den direkten Weg zurückzunehmen, sondern hüpfte über die niedrige Mauer des Friedhofs, um unbemerkt zu bleiben.

Kapitel 4: **Gefallene Männer**

Unter der Knute

Annika ließ die dunkle, feuchte Kapelle hinter sich und sprang heimlich über die kalte, verwitterte Friedhofsmauer auf das benachbarte Grundstück. Dort fand sie sich unerwartet im Reich des griesgrämigen Hausmeisters ihrer Schule wieder.

Der Hof war ein tristes Bild der Vernachlässigung, geprägt von rissigem, grauem Beton und verstreuten, rostigen Gerätschaften, die schon lange ihre Funktion verloren hatten. In einer schmutzigen Ecke, kaum sichtbar unter einem verfallenen Schuppen, lag ein großer Rottweiler, an eine lange, schwere Eisenkette gebunden. Annika stockte der Atem, als sie den Hund sah. Doch seine traurigen, hellbraunen Augen trafen die ihren; sie spürte sofort seinen Schmerz und seine Sehnsucht nach etwas so Einfachem wie Liebe und Zuneigung. Er lag da, den dicken, schwarzen Kopf auf seinen großen, kräftigen, rot-braunen Vorderpfoten, und blickte sie mit einem Ausdruck an, der von Furcht und leiser Hoffnung zeugte.

„Was machst du hier, Mädchen?", donnerte eine wütende Stimme. Annika wirbelte herum und

sah den Hausmeister in der Eingangstür stehen. Sein Gesicht war vor Zorn gerötet, sodass es zu seinen kurzen, stoppeligen Haaren passte, und seine Augen blitzten feindselig. „Verschwinde sofort aus meinem Hof!"

Annika wich erschrocken zurück, ihre Knie zitterten leicht.

Der Hausmeister, ein großer, hagerer Mann mit rauen Gesichtszügen, wandte sich seinem Hund zu. Der hatte nun den Kopf erhoben und beobachtete Annika mit einem tiefen, misstrauischen Knurren.

„Und du, du nutzloser Köter, was soll das? Warum bellst du nicht? Was bist du für ein Wachhund?", schrie er das Tier an. Seine Stimme war hart und kalt und in jedem Wort schwang Verachtung mit.

In einem Anfall von Wut schleuderte er einen abgenutzten Schuh nach dem Rottweiler, der ihn mit einem schmerzerfüllten Aufjaulen traf. Der Hund, der bisher nur traurig und resigniert gewirkt hatte, wurde plötzlich von einem wilden Instinkt gepackt. Er sprang auf, bellte und knurrte, getrieben von einer Mischung aus Schmerz, Wut und Verzweiflung. Seine faltig hochgezogenen Lefzen offenbarten große, blitzende, scharfe Reißzähne in seinem Maul.

Das Mädchen fühlte sich in die Enge getrieben, sein Herz schlug wie wild. Sie konnte die Angst

in den Augen des Hundes sehen, die Wut und den Schmerz, die ihn zu diesem aggressiven Verhalten trieben. Sie wusste, dass sie fliehen musste, aber ihre Beine schienen wie gelähmt. Plötzlich stürmte der Hund los. Annika schrie vor Schreck, laut und schrill, aber sie war wie erstarrt. Sie konnte nur mit stockendem Atem zusehen, wie das mächtige Tier auf sie zusprang. Erst im letzten Moment wurde es von der Kette zurückgerissen. Das klirrende Geräusch, als sie straff gespannt wurde, hallte in Annikas Ohren nach.

Der Hausmeister lachte laut und hämisch. „Siehst du, so wird das gemacht! Das nächste Mal wirst du zweimal überlegen, bevor du hier einbrichst." Sein Lachen war kalt und grausam, und es schien ihm Freude zu bereiten, sowohl das Mädchen als auch den Hund zu quälen. Überwältigt von Angst, doch auch Mitleid mit dem Hund, spürte sie, wie ihre Füße endlich reagierten. Sie rannte aus dem Hof, ihre Schritte hallten laut auf dem Pflaster. Hinter sich hörte sie das Bellen des Hundes, das sich verzweifelt und wütend anhörte, und das schadenfrohe Gelächter des Mannes.

Flucht

Annika stürzte aus dem Hoftor, so schnell ihre

Beine sie tragen konnten. Tränen trübten ihre Sicht, während sie blindlings am Friedhof vorbei, einen unbefestigten, von Gras überwucherten Pfad entlang stürmte. Ihr Atem kam schnell und flach; ihr Herz schlug wild und laut in ihrer Kehle. Der Schrecken über den Angriff des Hundes und das grausame Lachen des Hausmeisters verfolgten sie wie böse Geister.

Ihre Brust zog sich schmerzhaft zusammen, als sie immer weiterlief. Sie war getrieben von Panik und dem dringenden Wunsch, irgendwohin zu gelangen, wo sie sich sicher fühlen konnte.

Instinktiv führten ihre Füße sie zu einer abgelegenen Stelle – einem alten Grillplatz, der etwas außerhalb des Dorfes lag, verborgen zwischen dichten Büschen und hohen Bäumen.

Dieser war einmal ein Ort der Freude gewesen; die Familie Falkner hatte hier vor ein paar Jahren Seraphinas Geburtstag gefeiert. Annika war damals noch klein gewesen, aber sie erinnerte sich genau. Es war einer der seltenen Tage gewesen, an dem sie unbekümmert gewesen waren und fast so etwas wie Glück empfunden hatten.

Doch jetzt war der Platz verlassen und verwahrlost. Überall lagen zerbrochene Glasflaschen, verrottende alte Möbel und anderer Müll.

Als Annika schließlich dort ankam, keuchte sie schwer und ihre Lungen brannten vor Anstrengung. Sie spürte eine unangenehme, herablau-

fende Feuchtigkeit zwischen ihren Oberschenkeln und realisierte mit Entsetzen, dass sie sich vor Angst eingenässt hatte. Beschämt und erschüttert von ihrer Nahtoderfahrung, ließ sie sich auf einer kaputten, moosbewachsenen Holzbank nieder.

Sie schluchzte leise, während Tränen unaufhaltsam über ihre Wangen liefen. Sie fühlte sich klein und hilflos nach diesem furchtbaren Tag.

Annika blickte auf den verlassenen Grillplatz, ohne ihn wirklich zu sehen. Ihre Gedanken wirbelten durcheinander, eine chaotische Mischung aus Angst, Traurigkeit und Frustration. Der Ort, der einst ein sicherer Hafen glücklicher Erinnerungen gewesen war, wirkte jetzt fremd und bedrohlich.

Sie zog die Beine an ihren Körper und umarmte ihre Knie. Ihr Gesicht verzog sich, als sie wieder den erkaltenden Urin in ihrer Hose spürte. Das Weinen hatte nachgelassen, doch ein tiefes Gefühl der Leere blieb zurück. Sie war verloren, unsicher, was sie als Nächstes tun sollte.

Langsam begann sie, ihre Umgebung wahrzunehmen – den Geruch von feuchter Erde und verrottendem Laub, das leise Rascheln des Windes in den Bäumen und das ferne Zwitschern eines Vogels. Sie schloss die Augen und versuchte, sich auf diese kleinen, beruhigenden Geräusche der Natur zu konzentrieren.

Als sie dort saß, allein mit ihren Gedanken, begann Annikas Anspannung allmählich, sich zu lösen. Ihre Atmung wurde tiefer und gleichmäßiger und die beklemmende Enge in ihrer Brust begann sich zu lockern. Sie wusste, dass sie stark sein musste, nicht nur für sich selbst, sondern auch für Seraphina und ihre Mutter. Und ganz tief in ihr spürte sie, dass sie diese Stärke irgendwie finden würde.

Aber in diesem Moment, auf diesem einsamen, traurigen Grillplatz, erlaubte sie sich, einfach nur ein verängstigtes, verwirrtes Mädchen zu sein. Ein Mädchen, das sich nach Sicherheit und Glück sehnte, in einer Welt, die manchmal so grausam und unverständlich schien.

Stunden im Müll

Annika saß immer noch auf der verfallenen Bank, als sie eine raue Stimme hörte. „Ist alles in Ordnung, Kleine?"

Sie fuhr erschrocken zusammen und sah sich um. In einer Ecke des Grillplatzes, halb versteckt, unter einem improvisierten Dach aus Pappkarton, lag ein Mann auf einer fleckigen, weggeworfenen Matratze. Er war offensichtlich obdachlos, mit zerrissener, schmutziger Kleidung und einem zerzausten Bart. Sein Gesicht war von der Witterung gezeichnet und ein stren-

ger Geruch umgab ihn.

Annika zögerte, ihre erste Reaktion war Furcht. Doch da war etwas so Fürsorgliches in seiner Stimme, und als sie in seine Augen blickte, spürte sie eine unerwartete Wärme. „Ja, ich… Ich glaube schon", antwortete sie unsicher, ihre Stimme zitternd.

„Du hast ja schöne Begleiter!" Er nickte zu den Schmetterlingen, die aufgeregt um sie herumflatterten. Sie waren aufgeschreckt, als Annika sich abrupt zu der Stimme umgedreht hatte.

Sie blickte zu ihnen auf und lächelte schwach. „Sie sind ein Teil von mir, ein Teil meiner Magie", erklärte sie vorsichtig.

Der Mann richtete sich auf seiner Matratze auf, sein Blick immer noch sanft auf sie gerichtet. „Du bist also eine Zauberin? Das erklärt einiges. Erzähl mir, was ist passiert? Warum bist du so aufgewühlt?"

Annika fühlte sich seltsam geborgen in seiner Gegenwart und begann zu erzählen. Von ihren Problemen mit ihrer Wut und der Kontrolle ihrer Kräfte. Vom Fluch ihres verstorbenen Vaters. Von den Aufgaben, die sie zu lösen hatte, und ihrem enttäuschenden Fehlschlag bei der Suche nach Virenna heute. Von ihrer Begegnung mit dem Hund und dem Hausmeister, ihrer Angst und ihrem Gefühl der Hilflosigkeit.

Während sie sprach, konnte sie nicht verhin-

dern, dass ihre Stimme zitterte und wieder Tränen ihre Wangen herunterliefen.

„Das klingt nach einem wirklich harten Tag", sagte der Mann mitfühlend. „Aber jetzt bist du sicher. Niemand wird dir hier etwas tun." Seine Worte waren einfach, aber sie berührten Annika tief.

Sie spürte, wie ihre Angst langsam nachließ, ersetzt durch ein Gefühl der Ruhe. Sie bemerkte auch wieder die Nässe an ihren Schenkeln und errötete vor Scham, als sie auf den großen, dunklen Fleck an ihrer hellblauen Latzhose blickte.

Der Mann lächelte sanft, als er ihrem Blick folgte. „Mach dir keine Sorgen. Wir alle haben Momente, in denen wir nicht so stark sind, wie wir es gerne wären. Es macht dich nur menschlicher."

Nachdem der Obdachlose seine tröstenden Worte gesprochen hatte, lehnte er sich zurück und sah Annika an. „Willst du hören, wie ich hier gelandet bin?", fragte er freundlich. Annika nickte, noch immer verlegen wegen ihres Missgeschicks, aber neugierig auf seine Geschichte.

„Mein Name ist Johann", begann er. „Ich war einmal wie jeder andere. Ich hatte einen Job, eine Familie... Aber dann kam der Alkohol." Seine Stimme brach kurz, aber er fing sich schnell wieder. „Es begann harmlos, ein paar

Drinks nach der Arbeit, um zu entspannen. Aber bald wurde es mehr, viel mehr."

Das Mädchen hörte ihm aufmerksam zu, obwohl es mit Alkohol nichts anzufangen wusste. Ihre Mutter hatte sie einmal einen Schluck von einem Glas Wein probieren lassen. Er hatte sauer geschmeckt und ihr Mund hatte sich staubtrocken angefühlt danach. Sie verstand nicht, wie irgendjemand so scheußliches Zeug trinken konnte!

„Der Alkohol nahm mir alles", fuhr Johann fort, während Annikas Schmetterlinge um ihn herum flatterten, fast als wollten sie die Schwere seiner Erzählung lindern.

„Meine Arbeit, mein Zuhause, meine Familie. Meine Frau konnte es nicht mehr ertragen. Sie nahm unsere Tochter und ging. Das war der Tiefpunkt. Ich verlor den Willen zu leben, aber nicht den Willen zu trinken."

Er schaute traurig in die Ferne, und für einen Moment schien er in einer anderen Welt zu verweilen, einer voller Schmerz und Bedauern.

„Ich landete auf der Straße. Zuerst dachte ich, es wäre nur vorübergehend. Aber die Tage wurden zu Wochen, die Wochen zu Monaten… Und hier bin ich."

Annika spürte die Traurigkeit in seinen Worten und fühlte sich unbehaglich dabei, wie nah sie seiner Welt gekommen war.

„Das tut mir so leid, Johann", sagte sie leise.
„Gibt es denn keine Chance, dass du deine Familie wiederfindest?"

Der Mann seufzte schwer. „Meine Tochter... Sie muss jetzt erwachsen sein. Ich habe sie seit Jahren nicht gesehen. Ich frage mich, wie sie wohl heute aussieht und was aus ihr geworden ist. Es gibt Tage, an denen ich mir vorstelle, sie zu suchen, aber ich weiß nicht einmal, wo ich anfangen sollte. Und selbst wenn ich sie fände, was dann? Was kann ich ihr schon bieten? Nein, es ist besser, wenn sie einfach das kleine Mädchen in meinen Gedanken bleibt."

Er lehnte sich zurück und blickte in den Himmel, der sich langsam verdunkelte. „Das Leben ohne Wohnung... Es ist einfach und doch so kompliziert. Man denkt, es geht nur ums Überleben, aber es ist mehr als das. Es ist ein täglicher Kampf um Würde und Selbstachtung."

Johanns Stimme nahm einen bitteren Ton an. „Eigentlich ist es doch nicht so kompliziert. Ich brauche nur drei Dinge jeden Tag: etwas zu essen, Alkohol und Klopapier. Klingt lächerlich, nicht wahr? Aber das Klopapier... Es hilft mir, mich halbwegs wie ein Mensch zu fühlen."

Er griff in eine alte, zerrissene Tasche und zog eine angebrochene Rolle hervor. „Hier." Er reichte sie Annika. „Vielleicht hilft es dir, dich etwas zu trocknen. Du fängst an zu frieren, nicht

wahr?"

Das Mädchen nickte. Sie nahm das Papier und tupfte vorsichtig ihre nasse Hose ab. Sie spürte, wie die Kälte durch ihre durchtränkten Kleider zog und schämte sich für ihre Situation. Doch Johanns Angebot berührte sie; seine einfache Geste der Freundlichkeit, trotz seiner eigenen Notlage.

„Es ist nicht leicht, hier draußen", fuhr Johann fort. „Man wird unsichtbar. Die Leute gehen an dir vorbei, als wärst du Luft. Manchmal ist das gut, manchmal tut es weh."

„Es tut mir so leid, Johann", flüsterte Annika. „Ich wünschte, ich könnte etwas tun, um dir zu helfen."

Johann lächelte sanft. „Du hast bereits etwas getan, indem du mir zugehört hast. Das bedeutet mehr, als du dir vorstellen kannst. Es ist selten, dass jemand einem stinkenden Penner Aufmerksamkeit schenkt."

Sie saßen eine Weile schweigend da, jeder in seinen eigenen Gedanken versunken. Annika hatte nie zuvor über das Leben auf der Straße nachgedacht; über die kleinen Dinge, die einem Menschen Würde gaben.

Die Sonne ging unter und brach dabei durch einen schmalen Spalt in der trüben Wolkendecke, wobei sie den müllverdreckten Ort in ein fast behagliches, goldenes Licht tauchte.

„Ich muss gehen!", rief Annika schließlich, als sie merkte, wie spät es geworden war. „Aber ich verspreche, dass ich wiederkommen werde. Vielleicht finde ich einen Weg, dir zu helfen." Johann nickte dankbar. „Pass auf dich auf, Annika! Und danke, dass du mir zugehört hast." Mit einem letzten Blick auf den verlassenen Grillplatz und den einsamen Mann, der dort sein Zuhause gefunden hatte, machte sich Annika auf den Heimweg. Sie war erfüllt von neuen Erkenntnissen und einer tiefen Entschlossenheit, etwas zu bewirken.

Ratlosigkeit

Mit blauen Lippen und klappernden Zähnen machte sich Annika in der kühlen Abendluft auf den Heimweg. Die Straßenlaternen glimmten trüb, als sie sich dem Haus näherte und ihre Mutter bereits in der hell erleuchteten, offenen Tür stehen sah.

„Wo warst du nur so lange?", fuhr Marlene sie an, ihre Stimme eine Mischung aus Erleichterung und scharfem Tadel. Ihre Arme hatte sie vor der Brust verschränkt, und der Ärger über das unangekündigte Fernbleiben ihrer Tochter war in jeder Falte ihres Gesichts zu lesen.

„Es tut mir leid, Mama." Annikas Worte waren kaum mehr als ein Hauch und sie konnte fühlen,

wie ihr die Tränen der Erschöpfung und des Schreckens noch immer nahestanden.

Marlene bemerkte das Zittern von Annikas Lippen und ein besorgter Ausdruck ersetzte schnell ihren Zorn. Sie trat näher und runzelte die Stirn. „Annika, was ist passiert?"

Bevor ihre Tochter antworten konnte, bemerkte die Frau die nasse Hose. Der Geruch, der sie dazu erreichte, ließ sie unwillkürlich die Nase rümpfen. „Komm rein, zieh diese nassen Sachen aus und geh erst mal duschen! Danach kannst du mir alles erzählen."

Als ihre mütterlichen Instinkte übernahmen, führte Marlene das Mädchen ins Badezimmer, half ihm aus der nassen Kleidung und versprach, sich sofort um die Latzhose zu kümmern. Annika, die sich immer noch schämte, stieg dankbar in die Dusche und drehte das heiße Wasser auf.

Sie fühlte, wie die Wärme ihre Muskeln entspannte und die Kälte aus ihren Gliedern vertrieb. Der Dampf erfüllte das Badezimmer und sie atmete tief ein, den beruhigenden Klang des plätschernden Wassers genießend.

Mit geschlossenen Augen dachte sie an Johann zurück, besonders an den stechenden Geruch, der ihn umgeben hatte. ‚Wann hatte er wohl das letzte Mal die Gelegenheit, eine warme Dusche zu genießen?', überlegte sie. Die Vorstellung, wie schwer das Leben auf der Straße sein muss-

te, erfüllte sie mit tiefem Mitgefühl und Dankbarkeit für die kleinen Annehmlichkeiten ihres eigenen Lebens.

Als sie die Dusche verließ, fühlte sie sich wie neugeboren. Sie wickelte sich in ein Handtuch und trat aus dem Badezimmer, bereit, von ihrem Tag zu berichten.

Annika wurde im Wohnzimmer bereits von Marlene erwartet. Sie setzte sich zu ihr auf das Sofa, und ihre Mutter legte beruhigend eine Hand auf ihre Schulter.

„Also, erzähl mir, was ist heute passiert?", fragte die sanft.

Annika atmete tief durch und begann zu berichten: von dem unheimlichen Keller unter der Kapelle, ihrer fruchtlosen Suche nach Virenna und der beängstigenden Begegnung mit dem Hund und dem Hausmeister.

Marlene wurde wütend, als sie vom Verhalten des Mannes erfuhr.

„Da gehen wir zur Polizei! Das kann ja wohl nicht wahr sein, dass der einen scharfen Hund auf ein Kind hetzt!"

„Nein, Mama, bitte!" Annikas Blick ließ Marlene innehalten. „Der Hund ist nicht böse. Lass es gut sein!"

„Aber…"

„Bitte, Mama! Vertrau mir einfach." Sie war froh, dass ihre Mutter nicht weiter fragte, denn

sie wusste selbst nicht, woher sie die Gewissheit nahm, dass die Angelegenheit anders laufen sollte.

Sie fuhr fort: „Das Schlimmste war, als ich auf dem Grillplatz diesen Obdachlosen getroffen habe."

„Wollte der dir was tun?", rief Marlene erschrocken.

Annika schüttelte heftig den Kopf. „Nein, gar nicht! Erst war er ein bisschen gruselig, aber dann… Er war eigentlich ganz nett. Er heißt Johann."

Marlene hörte aufmerksam zu, als Annika Johanns Geschichte wiedergab – wie er durch Alkoholismus alles verloren hatte, einschließlich seiner Familie. Annika spürte, wie ihr die Tränen in die Augen stiegen. „Er hat eine Tochter, Mama, und er hat sie seit Jahren nicht gesehen! Sie muss jetzt erwachsen sein. Ich möchte ihm irgendwie helfen, sie wiederzufinden."

Marlene sah ihr Kind nachdenklich an.

„Das ist eine schöne Geste, Annika, aber wie willst du das anstellen? Kennst du überhaupt seinen Nachnamen? Ohne den wird es schwierig, seine Tochter ausfindig zu machen."

Annika schüttelte den Kopf. „Nein, den weiß ich nicht. Aber es muss doch eine Möglichkeit geben, ihm zu helfen!"

Marlene seufzte. „Es ist nicht so einfach, jeman-

den zu finden, vor allem ohne richtige Informationen. Wir können vielleicht im Ort herumfragen, aber ohne einen Nachnamen... Es ist wie die Nadel im Heuhaufen zu suchen."

„Ich kann ihn ja mal fragen", erbot sich Annika. Ihre Mutter zögerte. Ihr war etwas unwohl dabei, ihre Tochter wieder zu dem Obdachlosen gehen zu lassen. „Selbst, wenn er dir seinen vollen Namen sagt, wird es schwer. Wir wissen ja gar nicht, wo wir nach ihr suchen müssen! Und möglicherweise hat sie auch geheiratet und heißt inzwischen ganz anders."

Annika fühlte sich frustriert. Sie wollte so gerne helfen, aber ohne richtige Anhaltspunkte schien es aussichtslos. „Vielleicht gibt es ja noch andere Wege."

Marlene seufzte. „Wir leben in einem Dorf. Eventuell kennt hier ja jemand Johann oder seine Familie."

„Ja!" In Annikas Augen zeigte sich ein Hoffnungsschimmer. „Fragen wir herum!"

„Aber wir müssen vorsichtig sein", warf ihre Mutter ein. „Wir wissen nicht viel über Johanns Vergangenheit. Es ist wichtig, dass wir nichts tun, das ihm oder seiner Tochter schaden könnte."

Annika blickte verständnislos drein. „Warum sollte ihm das schaden? Er will doch seine Tochter wieder sehen. Die werden sich bestimmt

freuen!"

Marlene blickte ihre Tochter ernst an. „Würdest du deinen Vater treffen wollen, wenn wir heute erfahren würden, dass er noch lebt?"

Annika schluckte hart bei der Vorstellung.

„Nein... Aber Johann ist doch nicht so wie Papa!"

Die Mutter zuckte zusammen, als sie ihre Kleine dieses Wort gebrauchen hörte. „Vielleicht nicht. Aber sowas kann auf viele Arten wehtun."

Das Mädchen seufzte. „Aber ich kann nicht einfach nichts tun. Ich muss es zumindest versuchen!"

„Ich weiß, Liebes." Marlene lächelte sanft und legte ihre Hand auf Annikas Brust. „Dein Herz ist am rechten Fleck. Wir werden unser Bestes tun, um Johann zu helfen. Aber jetzt solltest du erst mal etwas essen und dich ausruhen. Es war ein langer Tag für dich."

Annika stimmte zu und sie machten sich auf den Weg in die Küche, um sich ein paar Brote zu schmieren.

Während das Mädchen aß, schweiften seine Gedanken immer wieder zu Johann und seiner Tochter zurück. Sie war entschlossen, einen Weg zu finden, sie wieder zu vereinen. Sie wusste nur noch nicht, wie.

Bedingungslose Treue

Der nächste Abend dämmerte über dem Schulhof von Chirnanok, als der Hausmeister auf einer Leiter stand, um ein Stück der Dachrinne zu reparieren. Seine Bewegungen waren ungeduldig und hastig, gezeichnet von der Müdigkeit eines langen Arbeitstages. Lehrer und Schüler waren längst zu Hause, und er war der Einzige, der noch auf dem Schulgelände zu arbeiten hatte. Sein Atem ging schwer und seine Hände zitterten leicht, während er versuchte, das lose Stück wieder an seinen Platz zu bringen.

Plötzlich rutschte sein Fuß auf einer nassen Sprosse ab und seine Hand verfehlte den nächsten Griff. Mit einem erschrockenen Aufschrei stürzte er rücklings in die Tiefe. Der Aufprall seines Körpers auf dem harten Boden hallte durch die abendliche Stille.

Der Hausmeister blieb regungslos liegen, sein Gesicht vor Schmerz verzerrt, sein Atem keuchend und flach. Er versuchte sich zu bewegen, doch jede Bemühung brachte nur mehr Schmerzen mit sich.

Auf dem benachbarten Grundstück, getrennt nur durch einen alten Lattenzaun mit abblätternder Farbe, lag der Hund des Hausmeisters, an seine Kette gebunden. Er hatte bisher müde und traurig gewirkt, doch jetzt schien er die Dringlichkeit der Situation zu spüren. Sein Kopf hob sich,

und seine Ohren richteten sich auf, als er den dumpfen Schlag und das Stöhnen hörte. Mit einem Mal erwachte in ihm Leben.

Der Rottweiler sprang auf und begann laut zu bellen; ein tiefes, dringliches Bellen, das von der Verzweiflung und Sorge um seinen Herrn kündete. Er zerrte an seiner Kette, seine Muskeln angespannt und seine Augen fest auf die Stelle hinter dem Zaun gerichtet, wo der Hausmeister lag.

Aber die Kette hielt ihn zurück, fest verankert in der Erde. Der Hund stemmte sich dagegen und zog, sein Bellen wurde immer lauter und dringender. Seine Krallen gruben sich in den Boden, als er versuchte, sich zu befreien, sein Körper straff gespannt wie ein Bogen.

Die Minuten vergingen, und der Hund bellte unermüdlich weiter, seine Augen fest zwischen den Zaunlatten hindurch auf den Hausmeister gerichtet. Der lag noch immer gequält am Boden und versuchte, um Hilfe zu rufen, brachte jedoch nicht mehr als Röcheln und Stöhnen zustande.

Dann, wie durch ein Wunder, löste sich die Kette plötzlich von seinem Halsband. Der Hund stürmte los und sprang, mit einem großen Satz, über den Zaun auf den Schulhof.

Seine Schritte waren schwer und laut, als er über den Hof zum Hausmeister galoppierte. Sein Bel-

len war nun durchsetzt von einem aufgeregten Winseln.

Als der Hund bei seinem Herrn ankam, leckte er ihm besorgt das Gesicht. Er jaulte und bellte abwechselnd, als wolle er ihn wecken; ihm sagen, dass er da war, dass er ihn nicht alleine lassen würde. Der Hausmeister rührte sich nicht, aber der Hund blieb bei ihm, ein treuer Gefährte, auch in dieser dunklen Stunde.

Der Abendhimmel hüllte die Stadt in ein tiefes Dämmerblau, als Annika und Marlene, beladen mit Einkaufstaschen, den Weg nach Hause antraten. Die Straßen waren still, nur das Bellen eines Hundes durchschnitt die Ruhe des Abends. Plötzlich, fast wie aus dem Nichts, erschien der Rottweiler des griesgrämigen Hausmeisters vor ihnen, frei laufend am Rand des Schulhofs. Es war derselbe Hund, der Annika angegriffen hatte; doch jetzt schien er verzweifelt und aufgeregt zu sein, winselnd und bellend, als ob er um Hilfe flehte.

„Mama, wir müssen ihm folgen!", drängte Annika, ihre Stimme von einer unerklärlichen Entschlossenheit getragen. Trotz Marlenes Bedenken liefen sie dem Hund hinterher, der sie energisch über den Schulhof führte.

Auf dem Boden hinter dem Schulgebäude lag der Hausmeister, regungslos, keuchend, mit Pa-

nik in seinen Augen; eine umgestürzte Leiter neben ihm.

„Er ist gefallen", flüsterte Annika, während sie besorgt die Szene betrachtete. Der Hund legte sich treu neben sein Herrchen, leise winselnd, die Augen voller Sorge.

Marlene zögerte keine Sekunde, lief zur nahegelegenen Telefonzelle und wählte die Notrufnummer. Währenddessen näherte sich Annika vorsichtig dem Hund, der seinen Kopf traurig auf die Beine des Hausmeisters legte und sie mit dankbaren Augen ansah.

„Es ist okay, Großer", flüsterte sie und streichelte ihn sanft. „Wir sind hier. Das hast du gut gemacht!"

Der gab einen leisen Seufzer von sich, als hätte er ihre Worte verstanden.

Marlene kehrte eilig zurück und sprach beruhigend auf den verletzten Mann ein. „Halten Sie durch! Hilfe ist schon unterwegs."

Kurze Zeit später hörten sie, wie sich ein Signalhorn näherte; dann trafen die Rettungssanitäter ein.

Einer von ihnen war eine junge Frau, die sofort Annikas Aufmerksamkeit auf sich zog. Etwas an ihr schien besonders zu sein. Annika beobachtete, wie die Schmetterlinge, die sie begleiteten, sich für die Sanitäterin zu interessieren schienen und um sie herumflatterten. Die Frau schien

überrascht, lächelte aber sanft, als sie von den blauen Schmetterlingen umgeben wurde.

„So etwas habe ich ja noch nie gesehen", bemerkte sie leise, während sie ihre Arbeit fortsetzte.

Annika beobachtete das Geschehen mit wachsendem Staunen. Sie konnte nicht verstehen, warum die schillernden Insekten sich so zu der Frau hingezogen zeigten, aber es fühlte sich bedeutungsvoll an, fast wie ein Zeichen.

Die Sanitäter arbeiteten routiniert und behutsam. Sie platzierten eine dünne, silbern glänzende Trage unter dem Hausmeister, die sie unter ihm aus zwei Hälften zusammensetzten. Damit hoben sie ihn auf etwas, das wie eine Art Luftmatratze aussah, die auf wundersame Weise fest und hart wurde, als die Sanitäterin ein brummendes Gerät einschaltete. Der Verletzte wurde daraufhin wie von einer stabilen Styroporverpackung umhüllt. Der Hund beobachtete jede ihrer Bewegungen mit wachsamen, besorgten Augen, als wolle er sicherstellen, dass sie sein Herrchen gut behandelten.

Als der Hausmeister, derart verpackt, schließlich auf der Fahrtrage lag und zum Rettungswagen geschoben wurde, flüsterte er schwach: „Es tut mir leid, mein Freund." Seine Worte waren kaum zu hören, aber Annika erkannte die Reue in seiner Stimme.

„Kümmert euch um ihn… Er verdient ein besseres Zuhause als das, was ich ihm bieten konnte", keuchte er, stockend und mit schwacher Stimme.

Annika spürte, wie ihre Augen feucht wurden. Der Hausmeister, trotz seiner Härte, schien in diesem Moment eine tiefe Zuneigung und Reue für seinen treuen Gefährten zu empfinden.

Sie wandte sich an ihre Mutter. „Mama, können wir ihn nicht mitnehmen? Nur vorübergehend, bis wir ein neues Zuhause für ihn finden?"

Marlene zögerte. „Annika, wir leben in einer kleinen Wohnung. Ein Rottweiler ist kein kleiner Hund, und wir wissen nichts über sein Verhalten!"

„Aber Mama, sieh dir doch seine Augen an! So treu und freundlich. Er hat dem Hausmeister geholfen, obwohl der immer gemein zu ihm war. Da hat er es doch nicht verdient, alleine zu sein", flehte Annika, während der Hund Marlene mit großen, treuen Augen ansah.

Sie schaute den Rottweiler an, dann wieder ihre Tochter. Schließlich schmolz sie unter den bittenden Hundeblicken der beiden und wusste nicht, wer von ihnen dies besser beherrschte.

„In Ordnung", seufzte sie schließlich. „Aber nur vorübergehend! Wir müssen sofort anfangen, ein neues Zuhause für ihn zu suchen."

Annika lächelte und streichelte den Hund, der

freudig mit dem Stummel seines kupierten Schwanzes wackelte und leise winselte.

„Danke, Mama!" Sie wandte sich an den Hund, der sichtlich erleichtert zu sein schien. „Wir werden uns gut um dich kümmern."

Der Hausmeister lächelte schwach, als er hörte, dass sein Hund in guten Händen war. Dann wurden die Hecktüren des Rettungswagens zugeschlagen und die Sanitäter grüßten kurz zum Abschied.

Die Schmetterlinge fanden sich wieder bei Annika ein, als die noch immer verwunderte, junge Frau vorn in das Fahrzeug stieg und es mit dem Hausmeister davon rumpelte.

Auf dem Heimweg folgte der Hund ihnen treu. Er ging brav an ihrer Seite, als wüsste er, dass sein Leben eine Wendung zum Besseren genommen hatte.

Zu Hause angekommen, machten sie es sich gemütlich. Der Hund fand schnell seinen Platz in einem warmen Eckchen des Wohnzimmers. Marlene legte ihm eine Decke hin und der Hund rollte sich darauf zusammen, einen zufriedenen Seufzer ausstoßend.

„Wir sollten ihm einen Namen geben", schlug Annika vor, während sie den Hund weiter streichelte.

Marlene nickte. „Wie wäre es mit Bruno? Ich finde, er sieht aus wie ein Bruno."

„Bruno", wiederholte Annika und sah den Hund an, der auf die Ansprache reagierte und den Kopf hob. Sie kraulte ihn unter dem Kinn, was er sichtlich genoss. „Ja, Bruno passt zu dir."
Der Hund schien zufrieden zu sein, als ob er den Namen und die Zuneigung, die damit einhergehen, annehmen würde. Er legte seinen Kopf auf die Pfoten und schloss die Augen, offensichtlich erleichtert, in einer warmen und sicheren Umgebung zu sein.
„Wir müssen morgen Tierfutter und ein paar andere Dinge für Bruno besorgen", sagte Marlene. „Und ich werde ein paar Anrufe tätigen, um zu sehen, ob jemand einen so großen Hund aufnehmen kann."
„Ja, wir müssen ein gutes Zuhause für ihn finden", stimmte Annika zu, obwohl sie insgeheim hoffte, dass Bruno noch eine Weile bei ihnen bleiben könnte.
Während sie im Wohnzimmer saßen und über Brunos Zukunft sprachen, bemerkte Annika, wie einer ihrer magischen Schmetterlinge aufgeregt im Raum umherflatterte. Er bewegte sich anmutig durch die Luft, als würde er die Unterhaltung aufmerksam verfolgen.
Dann landete der schillernde Falter sanft auf dem Wohnzimmertisch, direkt vor Annika und Marlene. Die beiden sahen erstaunt zu, wie er sich in ein helles, funkelndes Licht hüllte, das

den Raum in einen warmen, goldenen Schimmer tauchte. Mit einem leisen, aber deutlichen „Pling!" verwandelte sich der Schmetterling in das erste Glied von Annikas versprochenem Armband. Funkelndes Silber, mit schillerndem, blau-grünem Perlmutt auf den Flügeln.

Annika und Marlene sahen einander an, ihre Gesichter erfüllt von Überraschung und Freude.

„Mama, das ist es!", rief Annika aus. „Ich habe meine erste Aufgabe gelöst!"

Marlene, ihre Augen leuchtend vor Stolz, nickte.

„Du hast es geschafft, Annika."

In diesem Moment wurde Annika klar, dass Bruno derjenige war, den sie hatte retten müssen – der treue Begleiter, der unter der Knute eines grausamen Herrn gelebt hatte.

Die beiden jubelten und umarmten sich, überwältigt von der Freude über Annikas Erfolg.

„Ich wusste, dass du es schaffen würdest!", strahlte Marlene, ihre Stimme weich vor Liebe.

Annika schaute auf das glänzende, erste Glied ihres zukünftigen Armbands, das Zeugnis ihrer ersten erfüllten Aufgabe. Es war mehr als nur ein Schmuckstück; es war ein Symbol ihrer Stärke, ihres Mutes und ihrer Fähigkeit, das Leben zum Besseren zu verändern.

Mit neuer Zuversicht und Entschlossenheit blickte sie in die Zukunft, bereit, die nächsten Herausforderungen anzunehmen.

Plötzlich öffnete sich die Wohnungstür und Seraphina kam vom Judotraining nach Hause. Ihre Mutter schickte sie jede Woche dorthin, in der Hoffnung, dass es ihr Selbstvertrauen stärken und ihr bei ihrer Ängstlichkeit helfen würde. Als die ältere Schwester den großen, schwarzen Hund sah, der sich freudig erhob und zur Begrüßung freundlich auf sie zukam, erstarrte sie vor Schreck. Ihre braunen Augen weiteten sich vor Angst und sie wich zurück. „Mama, was macht der Hund hier?", rief sie mit zittriger Stimme aus.

Marlene eilte zu ihr und legte schützend einen Arm um sie. „Es ist in Ordnung, Seraphina! Das ist Bruno. Er wird für eine Weile bei uns wohnen, bis wir ein neues Zuhause für ihn haben."

Annika trat ebenfalls heran und versuchte, ihre Schwester zu beruhigen. „Er ist ganz lieb, Phina! Er hat seinem alten Herrchen das Leben gerettet, obwohl der Mann ihm immer weh getan hat."

Doch trotz ihrer Worte blieb das andere Mädchen ängstlich und traute sich nicht, Bruno zu streicheln. Sie hielt sich dicht bei ihrer Mutter und beobachtete den Hund aus sicherer Entfernung.

Als die Zeit zum Schlafengehen kam, war Seraphina erleichtert, dass Bruno sie in ihrem oberen Stockbett nicht erreichen konnte. Sie kuschelte

sich in ihre Decke und schloss die Augen, während sie das entspannte Schnarchen des Hundes aus dem Wohnzimmer hörte.

Schmerzliche Fügung

Als Annika am nächsten Morgen erwachte, fühlte sie etwas Schweres und Warmes an ihren Beinen. Sie öffnete langsam die Augen und blickte nach unten. Dort lag Bruno, zusammengerollt und friedlich schlafend, in ihrem Bett. Sie lächelte sanft, als sie seine ruhigen Atemzüge beobachtete, und streichelte ihn liebevoll.

„Da hast du ja ein schönes, warmes Bett gefunden, Bruno", flüsterte sie. Dann verzog sie das Gesicht, als ihr ein schwefliger Gestank nach faulen Eiern in die Nase stieg. „Puh, Junge!"

Sie flüchtete schnell aus dem Bett. Doch als sie aufstand, bemerkte sie, dass etwas nicht stimmte. Ein unangenehmes Gefühl breitete sich in ihrem Unterbauch aus, begleitet von leichten Schmerzen. Sie runzelte die Stirn und tappte barfüßig ins Bad.

Auf der Toilette angekommen, erlebte sie einen Schock. Ein stechender Schmerz durchschoss sie, als sie Wasser ließ, und sie schrie erschrocken auf. „Es brennt wie Feuer!", keuchte sie.

Marlene, alarmiert durch den Schrei ihrer Tochter, kam sofort an die Badezimmertür und klopf-

te. „Annika, was ist los?", fragte sie besorgt.

„Es tut so weh, Mama!", jammerte diese, mit Tränen in den Augen.

Als sie sich abwischte, erschrak sie erneut. Das Toilettenpapier wies rote Flecken auf, die wie verdünntes Blut aussahen. Panik ergriff sie, und sie begann ängstlich zu weinen. „Mama, ich blute!"

„Darf ich reinkommen, Annika?"

Mit zitternder Stimme antwortete sie: „Ja, bitte."

Marlene trat ein und ging neben ihrer Tochter in die Hocke. „Wo blutest du, Liebes?"

„An der Scheide", schluchzte Annika.

Ihre Mutter blickte besorgt, aber ruhig.

„Lass mich kurz nachsehen, okay?"

Sie streckte vorsichtig ihre Hand aus und überprüfte sanft den Bereich zwischen Annikas Beinen.

Mit neun Jahren wäre ihre kleine Tochter noch sehr jung für die erste Periode, dachte sie, und die Schmerzen auf dem Klo passten auch nicht dazu.

„Du bist hier nicht verletzt, Schatz", stellte sie erleichtert fest. „Es sieht so aus, als hättest du eine Blasenentzündung."

„Eine Blasenentzündung?", wiederholte Annika zaghaft.

Marlene umarmte sie tröstend. „Ja, das kann passieren. Vor allem, wenn man lange in nassen

Kleidern bleibt. Erinnerst du dich, dein kleines Missgeschick vorgestern?"

Annika nickte, ihr Gesicht rot vor Verlegenheit.

„Ich denke, das ist der Grund. Aber keine Sorge, das bekommen wir in den Griff", beruhigte Marlene sie.

„Aber es tut so weh", flüsterte das Mädchen.

Ihre Mutter strich ihr sanft über die Wange. „Ich weiß. Sobald Seraphina in der Schule ist, fahren wir gleich zu Dr. Schneider und der gibt dir was, damit das schnell wieder weggeht. Okay?"

„Okay", schniefte Annika und nickte.

„Zieh dich erst mal an und trink einen Kaba! Ich kümmere mich um alles", sagte Marlene beruhigend und verließ das Badezimmer.

Zuerst ging sie nach oben zur Nachbarin, Frau Müller, einer älteren, verwitweten Dame, die immer freundlich und hilfsbereit war. „Guten Morgen, Frau Müller! Ich bräuchte ihre Hilfe. Könnten Sie bitte für ein paar Stunden auf Bruno aufpassen? Das ist ein Hund, den wir gerade in Pflege haben. Ich war heute früh schon mit ihm Gassi, und er sollte Ihnen keine Probleme bereiten. Ich muss dringend mit Annika zum Arzt."

Frau Müller, die Annika und ihre Familie sehr mochte, stimmte sofort zu. „Natürlich, Marlene. Geht es der Kleinen nicht gut?", fragte sie besorgt.

„Sie hat sich wohl eine fiese Blasenentzündung geholt", erklärte Marlene, während sie schnell zurück in ihre Wohnung eilte.

Als Nächstes rief sie ihre Kollegin an. „Hallo, Susanne, könntest du bitte heute im Laden für mich einspringen? Ich muss leider mit Annika zum Arzt."

„Klar, Marlene! Kein Problem, ich übernehme. Hoffe, es ist nichts Ernstes", antwortete Susanne besorgt.

Marlene war dankbar für ihr Verständnis und ihre Unterstützung. Sie ging zurück ins Badezimmer, wo Annika gerade ihre Zähne putzte. „Wir fahren gleich, sobald Seraphina los zur Schule ist."

Die große Schwester, die inzwischen wach war und sich fertig machte, hörte die besorgte Stimme ihrer Mutter und kam ins Bad. „Was ist los, Mama?", wollte sie ängstlich wissen.

„Annika hat Schmerzen, wir müssen zum Arzt", erklärte Marlene. „Aber mach dir keine Sorgen, es wird alles gut."

Natürlich machte sie sich Sorgen um ihre kleine Schwester. Aber noch größere, wegen des riesigen, schwarz-braunen Ungetüms, das irgendwo in der Wohnung lauerte! Zu ihrer Erleichterung erfuhr sie, dass Bruno oben bei Frau Müller war.

Nachdem Seraphina zur Schule gegangen war,

half Marlene Annika in ihren alten, roten Kombi. Sie fuhr mit ihr zum medizinischen Versorgungszentrum am Krankenhaus, das zwanzig Minuten entfernt in der Kreisstadt Untergrombach lag.

In der Praxis von Dr. Schneider, einem freundlichen Kinderarzt mit grauen Locken und Schnurrbart, der Annika seit ihrer Geburt kannte, wurden sie sofort empfangen. „Guten Morgen, Frau Falkner, Annika! Was führt euch zu mir?", begrüßte der Doktor sie mit einem Lächeln, das sofort Vertrauen ausstrahlte.

Marlene schilderte ihm Annikas Symptome und das Malheur vor zwei Tagen. Der Arzt hörte aufmerksam zu und nickte verständnisvoll. „Es klingt nach einer Blasenentzündung, aber wir wollen sichergehen."

Dr. Schneider untersuchte Annika behutsam, wobei er stets sanft und beruhigend sprach. Sie kicherte leicht, als er ihr einen kleinen Becher gab und sagte, dass sie da hineinpinkeln solle. Aber als sie es dann tat, verging ihr das Lachen und die Tränen liefen wieder.

Der Arzt tunkte einen Papierstreifen in die hellrote Flüssigkeit, während Marlene das Mädchen tröstete, und betrachtete die verschiedenfarbigen Felder daran. Dann bestätigte er schließlich den Verdacht.

„Ja, es ist ein ordentlicher Harnwegsinfekt, den

du dir da eingehandelt hast, junge Dame. Es ist wichtig, dass du für die nächsten Tage ganz viel trinkst, damit die Bakterien alle rausgespült werden!"

Er wandte sich an ihre Mutter. „Ich verschreibe ihr ein Antibiotikum, es heißt Fosfomycin. Das ist ein Pulver, das Sie in Wasser auflösen müssen, und dann sollte Annika das Glas komplett austrinken. Das muss sie nur einmal nehmen. Außerdem bekommt sie Novalgin, gegen die Schmerzen. Davon nimmt sie dreimal am Tag 15 Tropfen, jeweils morgens, mittags und abends. Sie ist nicht allergisch dagegen, oder?"

„Nein, alles gut!" Marlene war erleichtert, dass es nichts Schlimmeres war. „Vielen Dank, Dr. Schneider!"

Während sie das Rezept in ihre Handtasche packte, verließen Mutter und Tochter die Arztpraxis.

Als Annika und Marlene das Ärztehaus verließen, sahen sie an der Notaufnahme des benachbarten Kreiskrankenhauses den Rettungswagen parken, der den Hausmeister mitgenommen hatte. Neben dem Fahrzeug stand die Sanitäterin, die sie am Vorabend getroffen hatten, und reinigte gerade die Trage. Als sie Annika und ihre Mutter erblickte, lächelte sie und ging auf sie zu.

Die Schmetterlinge hatten während des Arztbesuchs außen an der Fensterscheibe des Sprechzimmers gesessen und alles aufmerksam beobachtet. Nun umschwärmten sie die Fremde erneut, was diese noch mehr zum Lächeln brachte.

„Sie mögen dich wirklich", bemerkte Annika.

„Es scheint so", freute sich die Sanitäterin und streckte zum Gruß ihre Hand aus. „Hallo, ich bin Lena."

Sie war Anfang zwanzig, mit mittellangen, blonden Haaren, die sie als Pferdeschwanz trug, und strahlend blauen Augen, die neugierig und lebhaft wirkten. Ihre Statur war schlank und sie trug die Uniform der Rettungssanitäter, mit dem Namensschild ‚L. Enkstätter' auf der Brust, mit einer natürlichen Selbstsicherheit.

„Ich bin Marlene und das ist meine Tochter Annika", erwiderte die Mutter, während sie die angebotene Hand freundlich ergriff.

„Ich erinnere mich an euch", nickte Lena und deutete auf die Schmetterlinge, die sie umgaben. „Und natürlich an eure wunderschönen Schmetterlinge."

„Ja, Annikas kleine Begleiter", lächelte Marlene und deutete dann auf das Krankenhaus. „Wir wollten nach dem Mann fragen, den ihr gestern ins Krankenhaus gebracht habt. Wie geht es ihm?"

„Ah, der Leitersturz? Er hat eine kollabierte

Lunge und zwei gebrochene Brustwirbel. Aber er ist stabil und auf dem Weg der Besserung", antwortete die Sanitäterin. „Er hatte Glück im Unglück."

„Das ist gut zu hören", atmete Marlene auf.

„Ja", fügte Annika hinzu. „Und er hatte einen Hund, der jetzt bei uns ist. Wir wollten sicherstellen, dass es ihm gut geht."

Lena lächelte. „Das ist sehr nett von euch. Tiere spüren oft, wenn etwas nicht stimmt."

Einer der Schmetterlinge landete auf ihrem Kopf, ein zweiter auf ihrer Schulter.

„Ich weiß nicht, was ihnen an mir so gefällt." Sie bewunderte, wie ein dritter Falter auf ihrem ausgestreckten Finger landete. „Aber es ist auf jeden Fall ein schönes Gefühl, von ihnen umgeben zu sein."

„Tiere spüren eben auch Gutes", lächelte Marlene.

Das Gespräch entwickelte sich weiter, während sich Lenas Kollege mit einem Becher Kaffee im Hintergrund hielt, und Annika erwähnte, dass sie keinen Vater hatte. Lena nickte verständnisvoll.

„Mir geht es genauso. Mein Vater musste uns verlassen, als ich zwölf war. Er war krank und… Er kam nie zurück."

Annika spürte ein Kribbeln, das ihren Körper durchlief, als sich ein Verdacht in ihr regte. Vorsichtig fragte sie: „Wie hieß denn dein Vater?"

„Johann", antwortete Lena. „Johann Enkstätter."
Annika öffnete aufgeregt den Mund, aber Marlene warf ihr einen strengen Blick zu und schüttelte den Kopf. „Das ist wirklich hart", sagte sie mitfühlend, um ihre Tochter am Reden zu hindern.

„Ja, manchmal frage ich mich, was aus ihm geworden ist", seufzte Lena nachdenklich, die den stummen Dialog zwischen Marlene und Annika nicht bemerkt hatte. „Ich habe ihn immer vermisst."

Nachdem sie sich schließlich von der jungen Frau verabschiedet hatten, machten sich Mutter und Tochter auf den Weg nach Hause; nicht ohne zuvor die verordneten Medikamente in der Apotheke abzuholen.

Marlene hatte Annika nur mühsam daran hindern können, mit ihrer Begegnung mit Johann herauszuplatzen. Während der Fahrt diskutierten die beiden angeregt über das Gespräch mit Lena und überlegten, wie sie ihr helfen könnten, ihren Vater wiederzutreffen.

Daheim angekommen, holten sie Bruno von Frau Müller ab. Der Hund begrüßte sie freudig, wedelte mit dem Stummelschwanz und schien glücklich, wieder bei ihnen zu sein.

„Wir haben eine sehr wichtige Aufgabe vor uns", bemerkte Annika altklug, während sie

Bruno streichelte.

Marlene nickte. „Ja, das haben wir. Aber wir müssen vorsichtig sein! Wir wissen nicht, wie Johanns Tochter auf ihren Vater als Obdachlosen reagieren wird."

„Aber wir müssen es versuchen", bestand Annika. „Wir könnten eine Familie wieder vereinen."

Marlene lächelte und legte Annika beruhigend die Hand auf die Schulter. „Wir werden unser Bestes tun, Schatz."

Bruno legte sich zu ihren Füßen nieder und schnaufte zufrieden. In diesem Moment fühlten sich alle drei auf ihre Weise verbunden – verbunden durch die Hoffnung und das Bestreben, etwas Gutes zu tun.

Herr Enkstätter

Die Morgensonne flutete Annikas Zimmer mit warmem, goldenem Licht, als sie erwachte. Es war Sonntag; Marlene musste nicht arbeiten, und seit dem Besuch beim Kinderarzt und der Begegnung mit Lena waren zwei Tage vergangen.

Bruno, der treue Rottweiler, lag zusammengerollt am Fußende ihres Bettes und schnarchte leise. Annika konnte nicht anders, als zu lächeln, als sie seine ruhigen Atemzüge sah. Ihre Verbindung zu dem großen Hund schien jeden Tag

stärker zu werden.

Sie stand auf und streckte sich. Bruno öffnete die Augen, gähnte mit weit aufgerissenem Maul und folgte ihr tapsig in den Flur.

In der Küche herrschte bereits ein reges Treiben. Annikas Mutter war fleißig damit beschäftigt, ein herzhaftes Frühstück vorzubereiten, während Seraphina am Tisch saß und Brötchen aufschnitt.

Trotz ihrer Angst vor Bruno machte sie kleine Fortschritte im Umgang mit dem Hund. Heute wagte sie es, ihn vorsichtig an ihrer Hand schnüffeln zu lassen, bevor sie ihm kurz und schüchtern den Kopf tätschelte.

„Guten Morgen!", rief Annika, als sie in die Küche trat.

„Morgen!" Seraphina blickte auf. „Wie geht es dir heute, Niki?"

„Schon viel besser", entgegnete Annika. „Es brennt nur noch ein bisschen. Und dir?"

„Ganz gut", antwortete Seraphina, die den kleinen Akt des Mutes gegenüber Bruno als persönlichen Erfolg betrachtete. Tatsächlich hatte sie vergangene Nacht relativ ruhig geschlafen und war nur wenige Male von Albträumen erwacht.

Das Frühstück verlief in einer warmen und gemütlichen Atmosphäre.

Marlene verteilte dampfende Tassen Kaffee und Kakao, während sie liebevoll über die jüngsten

Ereignisse plauderte. Bruno lag unter dem Tisch; gelegentlich hob er seinen Kopf, um nach Annika zu sehen, als wollte er sicherstellen, dass es ihr gut ging.

Vielleicht wollte er aber auch nur ein Stück Brötchen ergattern, mit viel köstlicher Butter darauf.

Nachdem sie fertig gegessen hatten, wandte sich Marlene dem Thema zu, das ihnen allen seit Freitag im Kopf herumspukte. „Wir sollten heute Johann besuchen und mit ihm über Lena sprechen", schlug sie vor.

„Ja, das sollten wir!", stimmte Annika zu.

„Wir könnten ihm sagen, dass Lena Sanitäterin ist und vielleicht sogar, dass sie euch geholfen hat", überlegte Seraphina. „Aber wir sollten ihm die Wahl lassen, ob er sie treffen möchte."

„Genau das habe ich mir auch gedacht", erwiderte Marlene. „Er verdient es, von ihr zu wissen und die Entscheidung selbst zu treffen."

Sie räumten den Frühstückstisch ab und machten sich fertig, um Johann draußen im Grünen zu besuchen. Es war ein herrlicher Tag, die Sonne schien und ein leichter Wind wehte.

Als sie den grasbewachsenen Weg aus dem Dorf heraus einschlugen, folgte Bruno ihnen; sein dicker Hintern schwang bei jedem Schritt hin und her. Seraphina beobachtete ihn aus sicherer Entfernung, ein bisschen mehr Vertrauen in ihren

Augen, als sie sah, wie brav und geduldig er sich verhielt. Bruno schien zu spüren, dass er vorsichtig mit ihr umgehen musste und hielt respektvoll Abstand, was das Mädchen sichtlich erleichterte.

Als die Familie Falkner den alten Grillplatz erreichte, war das Erste, was Annika auffiel, die Veränderung, die dort stattgefunden hatte. Der Platz, der zuvor von Müll und Unrat übersät war, wirkte nun viel sauberer und ordentlicher. Jeder Abfall war eingesammelt und gewissenhaft in Kartons am Rand des Areals verstaut worden. Die alten, arglos als Sperrmüll abgeladenen Möbel waren in ihre einzelnen Bretter zerlegt und sorgfältig aufgeschichtet worden. Inmitten dieser unerwarteten Ordnung saß Johann auf einer der morschen Picknickbänke, sein Gesicht den wärmenden Sonnenstrahlen zugewandt, und aß genüsslich ein Schinkenbrot, das ihm wohl jemand spendiert hatte.

„Hallo, Herr Enkstätter!", begrüßte Marlene ihn freundlich, während sie mit ihren Töchtern und Bruno näher trat.

Johanns Gesicht zeigte Überraschung, als er ihren Gruß hörte. „Sie kennen meinen Namen?", fragte er, mit Verwunderung in seiner Stimme.

Marlene nickte und setzte sich zu ihm. „Ja, wir haben etwas herausgefunden und dachten, Sie

sollten es wissen. Aber ich muss Sie vorwarnen, es ist ein ziemlicher Brocken!"

Während ihre Mutter sprach, bemerkte Annika, wie Johann sich verändert hatte. Er sah kraftvoller aus und in seinen Augen herrschte neues Leben. Es war, als hätte sich ein Schalter in ihm umgelegt.

„Hallo Johann!", rief sie mit einem breiten Lächeln, das er herzlich erwiderte.

„Hallo Kleine!"

Sie setzte sich zu seiner anderen Seite, während Seraphina nervös auf Abstand blieb. Johann winkte ihr freundlich.

„Ist das deine Schwester?"

„Ja", nickte Annika. „Sie heißt Seraphina. Und das ist Bruno." Sie deutete auf den Hund, was dem Mann ein warmes Lächeln entlockte.

„Weißt du was? Ich habe seit unserer letzten Begegnung keinen Schluck Alkohol mehr getrunken!", verkündete er stolz. „Ich habe meine letzte Flasche weggeschüttet und fühle mich besser, als ich es seit Ewigkeiten getan habe."

Marlene blickte zu Annika, in deren Augen sich Freude und Erstaunen mischten.

„Das musst du bewirkt haben, Annika", vermutete sie sanft. „Deine Magie hat ihn von seiner Sucht geheilt. Sie ist dir wieder mal entglitten, ohne dass du es gemerkt hast. Aber es war diesmal kein Ausbruch aus Wut, sondern aus Mitge-

fühl und Herzensgüte."

Annika, die zuerst überrascht war, strahlte dann aus allen Poren. Ihr Herz fühlte sich leicht an, und eine Welle des Stolzes durchflutete sie, als sie – aller Hygiene zum Trotz – ihre Arme um Johann schlang. Sie begann nun, den wahren Sinn der sieben Aufgaben zu verstehen.

In der Zwischenzeit hatte Bruno, der schnüffelnd den Platz erkundet hatte, den Mann bemerkt und trabte freudig zu ihm her.

Die beiden schienen sofort eine Verbindung zu spüren. Johann stand auf, ging in die Hocke und streichelte den Hund. Der sprang freudig um ihn herum, wedelte mit dem Stummel und bellte vor Freude. Es war ein herzerwärmender Anblick, die beiden so ausgelassen und glücklich zu sehen.

„Sie haben einen neuen Freund gefunden", bemerkte Marlene lächelnd.

„Ja, er ist ein großartiger Hund", erwiderte Johann und sein Gesicht hellte sich auf, als er mit Bruno Stöckchen spielte.

„Eines, frage ich mich." Annika runzelte die Stirn. „Wie ist Bruno damals von seiner Kette losgekommen, um den Hausmeister zu retten?"

Ihre Mutter lächelte. „Fühle mal tief in dich hinein!"

Das Mädchen sah sie verwirrt an. „Ach... Meinst du, ich habe...?"

„Wie bei Johann", erwiderte Marlene und küsste ihre Tochter auf die Stirn.

Sie beobachteten fröhlich, wie Johann und Bruno ein Zerrspiel mit einem Ast spielten und einander spielerisch anknurrten dabei. Seraphina setzte sich derweil zu ihnen auf die Bank und kuschelte sich schutzsuchend an ihre Mutter, eingeschüchtert von Brunos Bellen und Knurren.

Obwohl sie sich für die beiden freute, war Annika ein wenig eifersüchtig, dass sie beim Interesse des Hundes jetzt scheinbar abgeschrieben war, seit er den gutmütigen Mann getroffen hatte.

Schließlich setzte sich Johann, mit breitem Lächeln, zu Marlene und den Mädchen, während der Rottweiler neben ihm her hüpfte.

„Nun ja. Sie wollten mir etwas erzählen?", regte er an.

„Ja… Herr Enkstätter, wir haben Ihre Tochter gefunden", begann Marlene behutsam, während sie Johanns Reaktion beobachtete. „Lena. Sie vermisst Sie."

Johann erstarrte, seine Augen weiteten sich vor Überraschung und Ungläubigkeit. „Meine Lena? Sie… Sie vermisst mich?", stammelte er, seine Stimme brach vor Emotion.

Marlene nickte. „Ja. Wir haben sie vor ein paar Tagen zufällig getroffen – wenn man von Zufall

sprechen will. Sie arbeitet als Rettungssanitäterin, ganz hier in der Nähe."

Johanns Hände zitterten leicht und er schaute auf den Boden, als er versuchte, seine Gefühle in den Griff zu bekommen. Bruno legte seinen großen Kopf auf seinen Schoß und sah wie tröstend zu ihm auf.

„Ich... Ich kann es kaum glauben. Sie ist immer noch hier? Und sie will mich sehen?"

„Sie hat sich gefragt, was aus dir geworden ist", fügte Annika hinzu, ihre Stimme sanft und tröstend. „Sie hat dich nie vergessen."

Tränen glänzten in Johanns Augen, als er aufblickte. „Ich war mir sicher, ich hätte sie für immer verloren, meine kleine Maus. Ich habe mich so geschämt..."

„Es ist nie zu spät, Herr Enkstätter", sagte Marlene mit Nachdruck. „Sie haben jetzt die Chance, alles zu ändern."

„Aber seht mich an! Ich bin nur ein Penner! Was kann ich ihr schon bieten?", gab Johann zu bedenken, seine Stimme von Zweifel und Selbstverachtung geprägt.

„Sie können ihr Ihr Herz bieten, und das ist das Wichtigste", entgegnete Marlene. „Und Sie haben schon den ersten Schritt gemacht, indem Sie dem Alkohol abgeschworen haben."

„Sie haben recht", sagte Johann leise. „Ich möchte sie sehen. Ich muss sie sehen!"

„Wir können Ihnen dabei helfen", sagte Marlene. „Wir werden einen Weg finden."

Johann nickte, seine Augen noch immer feucht. „Danke. Danke, dass Sie mir diese Chance geben."

Bruno gab ein leises „Wuff!" von sich, als wolle er seine Zustimmung und Unterstützung ausdrücken. Johann streichelte ihn dankbar und sah zu Annika und Marlene auf, ein neues Licht der Entschlossenheit in seinen Augen.

In diesem Moment spürte Annika, wie ihre magischen Schmetterlinge um sie herumflatterten, im sanften Wind, der ihre Zukunftserwartung und ihr Mitgefühl trug.

Marlene stand auf und reichte Johann die Hand. „Wir werden in Kontakt bleiben, Herr Enkstätter. Wir werden sehen, wie wir Ihnen helfen können, Lena wiederzutreffen."

Johann ergriff ihre Hand fest. „Vielen Dank! Wirklich, danke."

Marlene gab ihm zum Abschied noch eine große Papiertüte mit Lebensmitteln aus dem Laden, die sie vor dem Wochenende mitgenommen hatte, damit sie nicht verdarben. Er bedankte sich erneut herzlich bei ihr.

Sie verabschiedeten sich von Johann, der nun eine neue Hoffnung in seinem Herzen trug, und machten sich auf den Heimweg. Bruno trottete neben ihnen her, scheinbar zufrieden mit der

Rolle, die er an diesem Tag gespielt hatte. Auf dem Rückweg diskutierten Annika, Marlene und Seraphina – die sich im Angesicht des zotteligen Mannes schüchtern zurückgehalten hatte – bereits, wie sie das Treffen zwischen Vater und Tochter arrangieren könnten.

Wir haben ein Date

Am folgenden Tag nach der Arbeit saß Marlene in der kleinen Wohnküche und wälzte das Telefonbuch. Ihre Töchter spielten im Wohnzimmer mit Bruno, dem großen Rottweiler, der sich schnell in ihre Herzen und ihr Zuhause geschlichen hatte. Seraphina warf ihm dabei zwar immer wieder den alten Tennisball, zog sich dann aber ängstlich zurück, als er ihn ihr wieder bringen wollte.

Die Mutter fand schließlich, wonach sie suchte: die Telefonnummer von Lena Enkstätter.

Mit einem tiefen Atemzug wählte sie und wartete gespannt darauf, dass sich am anderen Ende jemand meldete. Nach ein paar Klingeltönen hörte sie eine freundliche Stimme: „Enkstätter, hallo?"

„Guten Tag, hier ist Marlene Falkner", begann sie. „Wir haben uns neulich mit meiner Tochter Annika an der Klinik getroffen."

Lenas Stimme erhellte sich. „Oh ja, natürlich.

Die Schmetterlinge! Wie kann ich Ihnen helfen, Frau Falkner?"

Marlene zögerte einen Moment, dann sagte sie: „Es geht um etwas sehr Privates. Wären Sie bereit, sich mit uns zu treffen? Ich denke, es wäre am besten, wenn wir persönlich darüber sprechen."

„Natürlich, das klingt wichtig", erwiderte Lena. „Ich habe morgen Frühschicht und könnte gegen Nachmittag bei Ihnen vorbeikommen, wenn das in Ordnung ist."

Marlene stimmte zu und gab der jungen Frau die Adresse, ehe sie sich verabschiedeten und auflegten.

Am nächsten Tag saßen Marlene, Annika, Seraphina und Lena in der Wohnküche der Falkners. Der Duft von frischem Kaffee und selbstgemachtem Gebäck, das Annika nur ganz leicht angebrannt hatte, erfüllte den Raum. Lena blickte neugierig und etwas angespannt in die Runde. Marlene brach das Schweigen. „Lena, frei heraus, wir haben herausgefunden, dass Ihr Vater noch lebt."

Sie ließ die Worte kurz wirken und beobachtete, wie Lenas Züge entgleisten. „Er hat schwierige Jahre hinter sich, aber es geht ihm jetzt besser, und er möchte Sie sehen."

Die junge Sanitäterin erstarrte, ihre Augen wei-

teten sich vor Überraschung und Unglauben. „Mein Vater? Aber… Wie?"

Annika ergriff das Wort. „Wir haben ihn getroffen. Er lebt auf der Straße, aber er trinkt keinen Alkohol mehr und hat uns erzählt, dass er sich besser fühlt. Er vermisst dich auch."

Lenas Augen füllten sich mit Tränen. Sie war überwältigt von einem Wirbelwind der Gefühle: Hoffnung, Angst, Wut, Traurigkeit und Verwirrung. Seraphina, die sonst so scheue ältere Schwester, legte sanft ihre Hand auf Lenas Arm und bot ihr ein Taschentuch an.

„Er… Er möchte mich wirklich sehen?", stammelte Lena.

„Ja", antwortete Marlene sanft. „Er spricht sehr liebevoll von Ihnen."

„Und warum jetzt? Wo war er all die Jahre?" Für einen Moment brach ihre Wut durch. Dann fing sie an, zu schluchzen. „Wo war er nur?"

Die Mädchen versuchten, sie zu trösten. Dann begann Annika vorsichtig: „Ich kenne da einen tollen Platz, am Ufer des Luminarasees. Dort ist es ruhig und friedlich. Und niemand stört einen."

Lena nickte langsam. „Ich… Ich weiß nicht, was ich sagen soll. Aber ich denke, ich sollte ihn sehen. Ich habe so lange über ihn nachgedacht."

„Wie wäre Donnerstagabend?", schlug Marlene vor.

„Dann haben wir wohl ein Date", sagte Lena mit einem kleinen, wackligen Lächeln, das ihre gemischten Gefühle widerspiegelte.

Nachdem Lena gegangen war, blieben die Falkners zurück, jede in ihren eigenen Gedanken versunken. Marlene fühlte sich erleichtert, dass sie Lena helfen konnten, aber auch angespannt wegen des bevorstehenden Treffens. Annika sah ihre Mutter mit einem Ausdruck von Stolz und Hoffnung an.

„Mama, ich glaube, wir haben das Richtige getan", sagte sie leise.

Marlene nickte und legte den Arm um ihre jüngere Tochter. „Ja, das haben wir. Manchmal kann ein kleiner Schritt eine große Veränderung bewirken."

Seraphina schloss sich der Umarmung an und Bruno seufzte auf seiner Schlafdecke.

Muffensausen

Am Donnerstag, einem sonnigen Morgen, hatte Marlene Falkner sich extra einen Tag Urlaub genommen. Heute war der Tag des großen Treffens zwischen Johann Enkstätter und seiner Tochter Lena. Sie wollte sicherstellen, dass alles perfekt lief.

Nach dem Frühstück gingen Marlene, Annika

und Seraphina zu dem alten Grillplatz, um Johann abzuholen. Bruno trottete fröhlich neben ihnen her, als sie den sauber aufgeräumten Ort erreichten.

Johann saß auf einer der Bänke, seine Augen verrieten eine Mischung aus Erwartung und Nervosität. Annika hatte es nicht erwarten können und hatte ihn bereits am Vortag besucht, um ihn in das anstehende Treffen mit Lena einzuweihen. Als Bruno ihn sah, rannte er aufgeregt zu ihm und begrüßte ihn wild.

„Hallo, Herr Enkstätter!", begrüßte Marlene ihn herzlich. „Wir haben heute etwas Besonderes geplant. Würden Sie gerne mitkommen?"

Johann nickte, ein leichtes Lächeln auf seinem Gesicht. „Ja, das würde ich sehr gerne."

Zurück bei den Falkners ermöglichte Marlene Johann, sich zu duschen. Er genoss ausgiebig das warme Wasser und man hörte seine zufriedenen Seufzer durch die geschlossene Tür.

Sie gab ihm auch saubere Kleider aus einem verstaubten Karton, der noch ganz hinten in ihrem Kellerabteil vergraben gelegen hatte. Sie passten Johann überraschend gut.

„Die gehörten meinem Mann, Alaric", erklärte Marlene, während Johann sich in dem Holzfällerhemd und den Jeans betrachtete. Mit seinen nun gewaschenen, zottigen, langen Haaren und dem wilden, nahezu ebenso langen Bart sah er

darin fast aus, wie ein Männermodel aus dem Baumarktkatalog.

„Ich denke, er hätte gewollt, dass sie jemandem dienen, der sie wirklich braucht." Sie schluckte. „Zumindest, als er die noch getragen hat, und keine schwarzen Gewänder."

Johann war gerührt von der Geste und nickte dankbar. „Das bedeutet mir sehr viel. Danke!"

Anschließend führte Marlene ihn zu einem der beiden Friseursalons im Ort. „Ich habe einen Termin für Sie arrangiert", sagte sie. „Ich möchte, dass Sie sich heute von Ihrer besten Seite zeigen können."

Der Friseur, ein freundlicher Mittfünfziger, begrüßte seinen Kunden herzlich und machte sich an die Arbeit. Während Johanns Haare geschnitten und sein Gesicht rasiert wurde, war es faszinierend zu sehen, wie sich sein Äußeres veränderte. Er sah plötzlich viel jünger und lebendiger aus.

Zum Mittagessen kehrten sie zu den Falkners zurück.

Annika war komplett aus dem Häuschen, als sie Johann nach seiner Verwandlung sah.

„Boah, du siehst toll aus!", rief sie. „Ich würde dich gar nicht mehr erkennen, wenn ich nicht wüsste, dass du es bist."

Sie setzten sich und Marlene stellte den großen, dampfenden Rindfleischeintopf auf den Tisch.

Johann griff zu, als ob er seit einer Woche nichts Anständiges mehr in den Magen bekommen hätte – und wahrscheinlich war das auch so. Während des Essens erzählte er von seiner Aufregung und der Angst, seiner Tochter wieder gegenüberzutreten. „Ich habe so lange darüber nachgedacht, was ich sagen soll", gestand er. „Aber jetzt, wo der Moment naht, habe ich Muffensausen."

„Das ist vollkommen verständlich", sagte Marlene beruhigend. „Es ist ein großer Schritt, aber es ist auch eine Chance, wieder ein Teil ihres Lebens zu werden."

Annika, die das Gespräch aufmerksam verfolgte, fügte hinzu: „Sie wird sich freuen, dich zu sehen. Sie hat dich vermisst!"

Johann nickte, seine Augen feucht. „Ich hoffe nur, dass sie mir verzeihen kann."

Marlene legte ihre Hand auf seine. „Sie haben den ersten Schritt getan, indem Sie sich zum Guten verändert haben. Das ist das Wichtigste."

Als der Nachmittag voranschritt, bereiteten sie sich auf den Weg zum Luminarasee vor. Johann, jetzt sauber und gepflegt, sah aus wie ein neuer Mensch. Marlene, Annika, Seraphina und Bruno begleiteten ihn, jeder in der Hoffnung, dass das Treffen ein neues Kapitel im Leben von Johann und Lena einläuten würde.

Vater und Tochter

Die drei Falkners hatten den nervösen Johann zum See begleitet, um ihm Mut für das bevorstehende Treffen mit seiner lange verlorenen Tochter zuzusprechen.

Annika erklärte, wo der idyllische Platz mit der Bank zu finden war, an dem Lena ihn erwarten würde.

Dann ließen sie ihn allein weitergehen, um den beiden Freiraum für ihr Wiedersehen zu geben.

Bruno, der mächtige Rottweiler mit dem sanften Herzen, war Johanns einzige Begleitung, als sie das Ufer des Luminarasees erreichten. Er lag ruhig da, sein Wasser glitzerte in der Sonne und eine leichte Brise wehte durch die Blätter der umstehenden Bäume. Johanns Hände zitterten leicht und seine Augen blickten unruhig den Pfad entlang, der ihn zum Treffpunkt mit seinem Schicksal führen sollte. Bruno spürte seine Nervosität und drückte sich beruhigend gegen sein Bein.

„Na, alter Junge, was wird sie sagen?", murmelte Johann zu dem Hund, der ihm aufmunternd die Hand leckte. „Du bist der Einzige, der immer bei mir bleiben würde, nicht wahr?"

In diesem Moment erschien Lena am anderen Ende des schmalen Weges. Sie war schlank und wunderschön, wie er feststellte, hatte mittellange, blonde Haare in einem frechen Pferde-

schwanz und trug eine schlichte, blaue Jeans und ein rotes Polohemd. In ihren Zügen erkannte er wehmütig sein kleines Mädchen wieder und er verspürte einen dicken Kloß in seinem Hals.

Als Lena Bruno sah, der freudig auf sie zulief, hellte sich ihr Gesicht auf und sie ging in die Hocke, um ihn zu begrüßen. „Hey, Großer! Schön, dich wiederzusehen."

Er wackelte aufgeregt mit dem Schwanzstummel und leckte ihr über das Gesicht, was sie zum Lachen brachte. Doch als die junge Frau aufsah und ihren Vater erblickte, erstarrte ihr Lächeln. Ihr Gesicht spiegelte ein Meer aus Emotionen wider: Wut, Traurigkeit, Schmerz und gleichzeitig die Freude und das Glück, ihn wiederzusehen.

Johann trat nervös von einem Fuß auf den anderen. „Hallo, kleine Maus…", begann er zögernd. „Papa…", für einen Augenblick war sie das junge Mädchen von damals. Dann übermannte sie die Wut. „Nenn mich nicht so! Ich bin schon lange nicht mehr deine kleine Maus!"

„Es tut mir leid." Johann blickte beschämt zu Boden. Er überlegte, ob dies vielleicht doch eine schlechte Idee gewesen war.

Sie ließ sich auf die Bank sinken, ihren Blick über das Wasser schweifend, und atmete tief durch. „Du siehst anders aus."

„Ich bin alt geworden." Der Mann strich sich forschend mit der Hand über sein wettergegerbtes, faltiges Gesicht, das so lange unter einem zotteligen Bart verborgen gewesen war, während er sich zögerlich neben sie setzte.

„Das auch", presste sie hervor. Ihr Tonfall war hart, aber in ihren Augen glitzerten Tränen.

„Aber ich meinte gepflegter. Das letzte Mal sah ich dich verlottert und voller Kotze, in einem stinkenden Unterhemd und mit einer Flasche in der Hand."

„Ja, ich… Ich habe versucht, mich zu ändern", sagte Johann, der den Blickkontakt vermied.

„Lena, ich…"

„Warum? Warum jetzt erst?", unterbrach sie ihn wieder. Ihre Stimme bebte vor unterdrückter Wut und Traurigkeit. „Warum hast du uns damals verlassen? Warum warst du nicht da, als ich dich gebraucht habe?"

Johann schluckte hart. „Ich war ein Idiot, Lena. Ich habe alles zerstört, was mir wichtig war." Seine Stimme brach und er fuhr fort: „Ich… Ich habe gesoffen, bis ich alles verloren hatte. Deine Mutter, dich, mein Zuhause…"

Lena sah auf den Boden, wobei ein glitzernder Tropfen in den Sand fiel, und schüttelte den Kopf. „Du hast gefehlt, als ich meinen Abschluss gemacht habe. Als ich meinen ersten Job bekam. Du warst nicht dabei, als Mama starb…"

Johanns Augen weiteten sich. „Mama ist…"

„Vor zwei Jahren. Krebs", sagte sie leise. „Ich habe dich sogar gesucht, um es dir zu sagen. Aber ich konnte dich nirgendwo finden."

Tränen strömten über Johanns Wangen, als er seine Tochter ansah. „Es tut mir so leid, Lena! Ich wünschte, ich könnte die Zeit zurückdrehen. Ich wünschte, ich hätte dich und deine Mutter nie verlassen."

„Aber das kannst du nicht!", erwiderte sie, ihre eigenen Tränen trocknend. „Du kannst die Vergangenheit nicht ungeschehen machen. Was mich interessiert, ist die Zukunft. Was willst du jetzt tun?"

Johann richtete sich auf, eine neue Entschlossenheit in seiner Haltung. „Ich will mein Leben wieder in den Griff bekommen. Ich habe aufgehört, zu trinken. Ich will arbeiten, ich will… Ich will ein Vater sein, Lena. Dein Vater."

Ein Kampf der Gefühle tobte in Lenas Augen. „Und wie stellst du dir das vor? Du hast kein Zuhause, keinen Job."

„Ich weiß", gab Johann zu. „Aber ich werde daran arbeiten. Ich werde nicht aufgeben. Nicht diesmal."

Sie musterte ihn schweigend. Ihr innerer Konflikt lag hörbar in ihrer Stimme, als sie sprach: „Ich… Ich weiß nicht, was ich denken soll. Es ist so viel passiert, so viel Schmerz."

Johann nickte, einen Ausdruck tiefer Reue auf seinem Gesicht. „Ich verstehe. Ich habe dir und deiner Mutter so viel Leid zugefügt. Aber ich möchte versuchen, es wiedergutzumachen, wenn du mir die Chance gibst."

„Ich… Ich möchte dich in meinem Leben haben", gestand Lena mit zittriger Stimme. „Aber ich habe Angst, dass alles wieder schiefgeht."

„Ich verspreche dir, dass ich alles tun werde, um ein besserer Mensch zu sein. Einer, auf den du stolz sein kannst." Entschlossenheit und neues Selbstbewusstsein schwangen in Johanns Stimme mit.

Lena sah ihn lange an. Schließlich nickte sie langsam. „Okay. Wir können es versuchen. Aber wir fangen langsam an."

Johanns Augen leuchteten auf. „Danke, Lena. Das bedeutet mir alles!"

Für einen Moment herrschte betretene Stille zwischen ihnen.

„Ich habe eine kleine Wohnung, in Untergrombach", brach Lena schließlich das Schweigen. „Es ist nicht viel, aber… Du könntest eine Weile bei mir wohnen, bis du wieder auf den Beinen bist."

Johanns Augen füllten sich wieder mit Tränen. „Das… Das wäre wunderbar! Ich will dir auch nicht zur Last fallen. Ich werde arbeiten und mir so schnell wie möglich eine eigene Bude su-

chen."

„Wir werden sehen", meinte Lena leise und lächelte ihm schwach zu, ihre Unsicherheit überspielend. „Eins nach dem anderen."

Bruno, der die ganze Zeit über ruhig daneben gesessen hatte, legte seinen Kopf auf Johanns Knie und blickte zu ihm auf, als wollte er ihm seine Unterstützung zeigen.

„Du hast einen wahren Freund gefunden", stellte Lena fest und streichelte Bruno über den Kopf. „Er wird dir helfen, wieder auf den richtigen Weg zu kommen."

Johann nickte und strich über Brunos Fell. „Ja, er hat mir schon so viel gegeben."

Sie sprachen noch eine Weile über Johanns Pläne, seine Hoffnungen und Ängste. Lena hörte aufmerksam zu, ihre Haltung vorsichtig, aber offen. Sie erzählte auch von ihrem Leben, ihrer Arbeit als Sanitäterin, ihrem Alltag und den Herausforderungen, denen sie begegnete.

Als die Sonne hinter dem Horizont verschwand, und die Dämmerung den See in ein sanftes Licht tauchte, standen sie auf. „Wir sollten zurückgehen", sagte Lena.

„Du hast recht", nickte Johann. „Aber was hältst du davon, nochmal kurz bei den Falkners vorbeizuschauen?"

„Ja", lächelte Lena. „Das sind wir ihnen auf jeden Fall schuldig!"

Als Johann und Lena zusammen an dem schäbigen Mehrfamilienhaus ankamen, wurden sie dort freudig empfangen. Marlene, Annika und Seraphina warteten bereits gespannt auf Johann; überrascht auch Lena bei ihm zu sehen.

„Wie ist es gelaufen?", fragte Marlene mit einem warmen Lächeln.

„Es war wundervoll!", antwortete Lena. „Wir haben über alles gesprochen und…", sie zögerte einen Moment, „ich habe meinen Vater eingeladen, eine Weile bei mir zu wohnen."

Annika entfuhr ein kleiner Jubelschrei.

Johann strahlte und sah zu Marlene und den Mädchen. „Ich kann gar nicht in Worte fassen, wie dankbar ich bin. Ihr habt mir geholfen, meine Tochter wiederzufinden. Das bedeutet mir alles."

Marlene war sichtlich gerührt. „Wir sind so glücklich, dass wir helfen konnten. Es ist wunderbar zu sehen, wie ihr wieder zueinander findet."

Während des Gesprächs lag Bruno friedlich zu Johanns Füßen, als würde er spüren, dass sich etwas Wichtiges ereignet hatte. Marlene sah zu dem Hund und dann zu Johann und Lena. „Ich habe eine Frage…", begann sie zögerlich. „Wir können Bruno leider nicht dauerhaft behalten. Wärt ihr vielleicht bereit, ihn bei euch aufzunehmen? Er hat euch beide offensichtlich sehr ins Herz geschlossen."

Johanns Augen leuchteten auf. „Das wäre wunderbar! Bruno hat mir so viel Kraft gegeben. Ihn bei mir zu haben, würde mir sehr helfen."

Er blickte fragend zu Lena. Die lächelte und nickte. „Es ist eine kleine Wohnung. Aber ich würde mich freuen, Bruno bei uns zu haben. Er ist ein toller Hund!"

Annika und Seraphina sahen einander an. Trotz ihrer anfänglichen Angst vor Bruno hatte die Ältere ihre Furcht fast überwunden und ihn beinahe ebenso liebgewonnen wie Annika.

„Ich werde ihn vermissen", sagte Annika leise, während sie Bruno streichelte.

„Ich auch", fügte Seraphina hinzu. „Aber ich bin froh, dass er ein gutes Zuhause findet."

„Er wird immer ein Teil unserer Familie sein", betonte Marlene. „Und ihr könnt ihn bestimmt besuchen."

„Na klar!", lächelte Lena und strich tröstend durch Annikas Haare. „Jederzeit."

Johann und seine Tochter dankten den Falkners herzlich und Bruno schien zu spüren, dass eine neue Ära in seinem Leben begonnen hatte. Er wackelte mit dem Stummel und leckte abwechselnd die Hände seiner neuen Herrchen.

Als es längst dunkel war, verabschiedeten sich Johann, Lena und Bruno von den Falkners. Sie gingen zusammen, als eine neu vereinte Familie.

Marlene hatte ihnen das Nötigste für den Hund mitgegeben und versprochen, den Rest seiner Sachen morgen vorbeizubringen.

Die Witwe und ihre Töchter standen an der Tür und sahen ihnen nach. Annika und Seraphina umarmten sich, ein bittersüßes Gefühl der Trauer und des Glücks in ihren Herzen.

„Wir haben etwas wirklich Gutes getan", sagte Marlene und lächelte ihre Töchter an.

„Ja", stimmte Annika zu, „und Bruno wird sehr glücklich sein."

Mit einem letzten Blick auf die drei davonziehenden Schatten schlossen sie die Tür und spürten, dass ihre Familie nun gewachsen war.

Dann hörten sie ein helles „Pling" aus dem Wohnzimmer und Annika stellte fest, dass einer ihrer Schmetterlinge fehlte.

Sie lief aufgeregt hinüber und nahm das funkelnde Schmuckstück vom Tisch auf.

„Wieder einer!", rief sie.

„Das hast du toll gemacht!" Marlene umarmte sie beherzt. „Ich schätze, Johann war der gefallene Mann?"

„Ja!", strahlte Annika. Sie rannte in das Zimmer der Mädchen und holte das Schulheft, in dem seit Nepomuks Besuch die sieben Aufgaben notiert standen.

Die fünfte, 'Rette einen treuen Gefährten, der unter der Knute eines grausamen Herrn leidet'

und die sechste, 'Hilf einem gefallenen Mann und erkenne seinen wahren Wert', waren jetzt durchgestrichen.

„Ich habe es geschafft!", freute sich Annika.

Die drei jubelten, unterhielten sich noch etwas und gingen schließlich glücklich zu Bett.

Kapitel 5: **Die Prinzessin von Chirnanok**

Virenna

Ein goldener Sonnenaufgang erfüllte den Himmel über Chirnanok mit warmen Farben, als Annika sich auf den Weg zum Luminarasee machte. Die ersten warmen Strahlen durchbrachen den Morgennebel, der sich wie ein zarter Schleier über das ruhige Wasser gelegt hatte. Jeder Schritt auf dem weichen Waldboden fühlte sich an, als würde sie durch eine Welt aus Träumen und Wundern wandeln, die nur darauf wartete, von ihr entdeckt zu werden.

Der vertraute Pfad zum See führte durch dichtes Gehölz, dessen Bäume alt und weise zu sein schienen. Sie hörte das Zwitschern der Vögel und das ferne Plätschern des Wassers, während ihre fünf verbliebenen Schmetterlinge munter um sie herumflogen.

Als sie den See erreichte, blieb sie einen Moment stehen und bewunderte die Schönheit des Anblicks. Der Luminarasee war ein besonderer Ort, voller Magie und alter Geheimnisse. Das

Wasser war so klar, dass sie bis auf den Grund sehen konnte, ehe er sich zur Mitte hin in tiefem Blau verlor. Es war, als blicke man in eine andere Welt, die nur darauf wartete, erforscht zu werden.

„Luna!", rief Annika aus, als sie die vertraute Gestalt ihrer Freundin und Mentorin im Wasser erkannte. Ihre langen, dunkelgrünen Haare flossen um sie herum wie Algen und ihre smaragdgrünen Augen strahlten mit dem Azur des Sees um die Wette.

„Annika, es ist schön, dich zu sehen", erwiderte Luna mit einer Stimme, die so beruhigend war wie das Rauschen der feinen Wellen, die sich am Ufer brachen.

Das Mädchen trat näher an den See heran und kniete sich am Rand der Wasserlinie in den Sand. Sie öffnete die Brusttasche ihrer Latzhose und zog vorsichtig ein gefaltetes Stofftaschentuch hervor, das ihre Mutter ihr gegeben hatte.

„Ich habe dir so viel zu erzählen, Luna!"

Aufgeregt schlug sie das Tuch auf, um die beiden zu Silber und Perlmutt erstarrten Schmetterlinge zu enthüllen.

Die Merrow betrachtete die Schmuckstücke mit einem Staunen, das ihre normalerweise so gefasste Miene durchbrach, während das Blaugrün der Flügel in der Sonne schimmerte. „Die sind ja wunderschön!"

Sie bemerkte das Fehlen der zwei Falter um ihre kleine Freundin herum. „Du hast es geschafft! Wie hast du das hinbekommen?"

Die Worte sprudelten nur so aus Annika heraus.

Sie berichtete von der Rettung des Rottweilers Bruno und wie sie Johann geholfen hatte, seine Tochter Lena wiederzufinden. Erzählte von der Verwandlung, die Johann durchgemacht hatte, und wie sie sich dabei gefühlt hatte, etwas so Bedeutungsvolles zu bewirken.

Während sie sprach, hörte Luna aufmerksam zu, ihr Blick mal nachdenklich, mal erfüllt von Stolz. „Du hast Großes vollbracht, Annika. Deine Taten zeigen, dass du über ein reines Herz verfügst und in dir die Kraft und die Güte einer wahren Heldin schlummern."

Annika fühlte sich durch Lunas Worte bestärkt.

„Ich wollte immer etwas bewirken, etwas Gutes tun. Aber ich hätte nie gedacht, dass ich so etwas schaffen könnte."

Luna nickte. „Du bist weit über dich hinausgewachsen. Und ich glaube, das ist erst der Anfang."

Annika sah zu den metallenen Schmetterlingen in ihrer Hand und dann wieder zu Luna. „Ich frage mich, was als Nächstes auf mich zukommt."

Bevor sie eine Antwort erhalten konnte, geschah etwas Unerwartetes.

Eine Gestalt trat aus dem Schatten des Waldes hervor und näherte sich dem Ufer des Sees. Es war eine elfenhafte Erscheinung, deren Anmut und Schönheit Annika den Atem raubten. Ihre hellblauen, seidenartigen Flügel glitzerten fein im Licht. Federleicht umspielte ihr weißes Kleid sie im leisen Wind. Umrahmt von langen, hellblonden Haaren, aus denen die Spitzen ihrer Ohren ragten, strahlte ihr augenscheinlich so jugendliches Gesicht doch eine tiefe Weisheit aus.

„Seid gegrüßt, Luna, Annika", sprach sie mit einer Stimme, die so zart klang wie der Flügelschlag eines Schmetterlings. „Ich bin Virenna."

Luna neigte respektvoll den Kopf. „Die Legenden haben von dir erzählt, und es ist mir eine Ehre, dich zu treffen."

Die Fee lächelte freundlich. „Die Ehre ist ganz meinerseits." Dann wandte sie sich an Annika. „Du hast beeindruckende Werke vollbracht. Ich habe deine Reise verfolgt, seit du die Aufgaben von Nepomuk erhalten hast."

Das Mädchen starrte sie ungläubig an. „Du... Du kennst meine Aufgaben?"

„Ja", antwortete Virenna. „Ich bin Teil des Aufnahmekomitees der Zauberschule und habe diese Prüfungen, gemeinsam mit einem alten Wahrsager namens Zoltan, für dich ausgewählt."

Annika spürte, wie ihr Herz vor Aufregung schneller schlug. „Das bedeutet..."

Virenna nickte. „Deine Taten zeigen, dass du die Eigenschaften besitzt, die eine Königin von Chirnanok benötigt. Du hast die ‚Probe der Güte', der sich jede Prinzessin unterziehen musste, mehr als gemeistert."

„Ich… Ich weiß gar nicht, was ich sagen soll", flüsterte Annika.

„Sprich mit deinem Herzen, Annika! Das hat dich bis hierher gebracht", sagte Virenna sanft.

Luna lächelte dem Mädchen ermutigend zu. „Du bist auf dem richtigen Weg, Annika. Aber deine Reise hat gerade erst begonnen."

Die kleine Heldin blickte auf die glänzenden Schmetterlinge in ihrer Hand, dann hinauf zu den verbliebenen fünf, die lebendig in der Luft tanzten, und schließlich wieder zu Virenna und Luna. Ein Gefühl von Stärke und Entschlossenheit erfüllte sie. „Ich werde weitermachen", verkündete sie mit fester Stimme. „Ich werde alles tun, um eine gute Königin von Chirnanok zu werden!"

Die Tränen der Fee

„Tatsächlich gibt es etwas, das du tun musst", lächelte Virenna geheimnisvoll. „Etwas, womit du dir ein weiteres Glied für dein Armband verdienen wirst."

Sie griff in die leere Luft und plötzlich funkelte

auf ihrer filigranen Hand etwas im Sonnenlicht, das durch das Laub der Bäume am Seeufer fiel. Es waren zwei kunstvoll gearbeitete, silberne Ohrstecker mit kleinen Krönchen, die auf glitzernden, herzförmigen, rosafarbenen Edelsteinen ruhten – die Tränen der Fee.

„Diese Ohrringe", begann Virenna sanft, „sind mehr als bloßer Schmuck. Sie sind ein Symbol der Macht und der Güte, gefertigt aus meinen eigenen Tränen in einer Zeit tiefer Trauer und Verzweiflung. Seit der Regentschaft von Königin Alisea wurden sie über Generationen an jede Kronprinzessin von Chirnanok weitergegeben. Als die letzte Königin Cheandra starb, habe ich sie an ihrem Sterbebett zurückgenommen und fast tausend Jahre lang verwahrt, für diesen besonderen Moment."

Annika betrachtete die Schmuckstücke, fasziniert von ihrem Glanz und der Geschichte, die sie in sich trugen. Sie erinnerte sich an die phantastischen Erzählungen, die sie als Kind gehört hatte, von mutigen Prinzessinnen und mächtigen Königinnen. Nun hielt Virenna, eine leibhaftige Figur aus diesen Legenden, einen greifbaren Teil davon in ihren Händen.

„Hast du Ohrlöcher, Annika?", fragte Virenna.

Zaghaft befühlte das Mädchen die weiche Haut seiner Ohrläppchen.

„Ich hatte einmal welche", begann sie langsam.

„Als ich noch klein war. Phina und ich, wir wollten unbedingt Ohrringe tragen, wie unsere Mama."

Sie blickte in den Himmel, während sie sich erinnerte.

„Sie trug eigentlich nie Schmuck. Aber als sie damals beschlossen hatte, sich einmal etwas für sich selbst zu gönnen und sich ein Paar zu kaufen, da wollten wir auch welche. Sie sahen so schön aus an ihr. Also sind wir zum Kinderarzt gefahren, und der hat uns die Ohren durchstochen. Wir haben beide erst mal geheult, aber danach waren wir für eine kurze Weile glücklich."

Sie verzog das Gesicht, wobei sich ihre sommersprossige Stupsnase runzelte.

„Nach ein paar Tagen haben sie sich schrecklich entzündet. Unsere Ohrläppchen sahen aus wie dicke Pflaumen! Wir mussten die Stecker von Dr. Schneider wieder entfernen lassen. Das tat furchtbar weh und war wirklich zum Abgewöhnen, mit dem ganzen Eiter! Unsere Ohrlöcher sind wieder zugewachsen, und Mama hat einen ihrer neuen Ohrringe bei der Arbeit verloren."

Sie pausierte. „Ich frage mich, ob das auch der Fluch meines Vaters war. Uns wird einfach nie etwas Schönes gegönnt!"

Virenna nickte bitter. „Das ist gut möglich. Die Macht der Liebe und der Magie in diesen Ohrringen ist jedoch stärker als jeder Fluch, meine

Liebe." Sie wies auf den glitzernden Schmuck in ihrer Hand.

Luna, die derweil still zugehört hatte, nickte verstehend und zitierte den Wortlaut der vierten Aufgabe: „Zeige Tapferkeit im Angesicht der Tränen der Fee, die in den Staub der Vergangenheit geweint wurden."

Als Annika die Bedeutung dieser Worte begriff, schluckte sie. Es war eine Herausforderung, die nicht nur körperlichen Schmerz beinhaltete – es ging um Mut, um die Bereitschaft, sich ihrer Vergangenheit und ihren Ängsten zu stellen.

„Ich verstehe", sagte Annika schließlich; sie klang sicherer, als sie sich fühlte. „Tun wir es!"

Als Annika ihre Bereitschaft bekundete, die Tränen der Fee zu tragen, löste Virenna behutsam eine filigrane, silberne, mit kleinen Perlen besetzte Brosche von ihrem Kleid. Ihr Blick war gütig und verständnisvoll, als sie sich dem Mädchen zuwandte, die geöffnete Anstecknadel in ihrer Hand.

„Bist du bereit, Annika?", fragte sie leise, während sie ihr sanft die wilden, nicht zu bändigen Haarsträhnen hinter die Ohren strich.

„Ja", antwortete diese mit einem leichten Zittern in der Stimme.

Sie neigte den Kopf zur Seite und bot der Fee ihr kleines Ohrläppchen dar.

Die inspizierte und betastete es, suchte sorgfäl-

tig die richtige Stelle auf. Dann durchstach sie es behutsam mit der Nadel.

Ein scharfes Ziehen sengte Annikas Kopf und Hals hinab und eine einsame, stumme Träne rann über ihr schmerzverzerrtes Gesicht, glitzernd im Morgenlicht wie ein flüssiger Diamant.

„Eine Träne des Mutes, meine Liebe", flüsterte Virenna, während sie sie zärtlich von Annikas Wange wischte.

Sie setzte den ersten Ohrring ein, ein funkelndes Symbol von Tapferkeit und Entschlossenheit.

Dann wandte sie sich dem zweiten Ohr zu.

Annika spürte, wie ihr Herz in ihrer Brust hämmerte, als Virenna erneut die Nadel ansetzte.

„Aua!", entfuhr es ihr, als die Spitze ihre Haut durchdrang, und eine zweite Träne entwich ihren zusammengekniffenen Augen.

Virenna fing auch diesen Tropfen mit ihrem Finger auf und sprach lächelnd: „Eine Träne von dir für jede meiner Tränen." Sie brachte rasch den zweiten Ohrring an und trat zurück, um Annikas Mut zu loben.

Die feuchten Spuren von ihren Wangen wischend, ging diese in die Hocke und blickte auf die stille Wasseroberfläche des Sees, um ihr Spiegelbild zu bewundern. Virenna befestigte währenddessen die Brosche wieder an dem luftigen Stoff ihres Kleides.

Annika lächelte. Die rosafarbenen Herzen fun-

kelten und blitzten hübsch zwischen ihren störrischen Haarsträhnen, Zeichen von Stärke und Mut.

„Du siehst wunderbar aus", kommentierte Luna, die das Geschehen beobachtet hatte. „Diese Ohrringe stehen dir gut. Und du warst wirklich tapfer!"

In diesem Moment flatterte einer der blauen Schmetterlinge, die Annika auf ihrer Reise begleiten, direkt vor ihr Gesicht. Sie streckte ihre Hand aus und das schöne Insekt landete darauf. Mit einem kurzen Aufleuchten und einem sirrenden „Pling!" verwandelte es sich in das dritte Glied des wachsenden Schmuckstücks, das sie dereinst um ihr Handgelenk tragen würde.

„Es ist wie ein Tagebuch. Als ob meine Taten in diesem Armband verewigt würden", staunte sie leise.

„Jeder Schmetterling repräsentiert einen Schritt deiner Reise und deines Wachstums", erinnerte Luna. „Sie sind Zeichen deiner Erfolge und deiner Entwicklung."

Virenna nickte zustimmend. „Du hast heute wieder einmal gezeigt, dass du bereit bist, dich den Herausforderungen zu stellen und sie zu überwinden. Deine Reise, Annika, ist noch lange nicht zu Ende. Aber du hast bewiesen, dass du das Zeug dazu hast, eine wahre Prinzessin von Chirnanok zu sein."

Sie trat neben Luna, die inzwischen aus dem Wasser gestiegen war. Beide Frauen sanken vor Annika auf ein Knie und senkten ehrerbietend den Kopf.

„Annika, Prinzessin von Chirnanok!", verkündete die Fee.

Das überraschte Mädchen blickte für einen Moment mit offenem Mund auf die Szene und stammelte dann: „Bitte, steht wieder auf!"

Sie sah auf ihre Hand, auf der nun drei Teile des Armbands lagen. Sie spürte eine tiefe Verbindung zu den Aufgaben, die noch vor ihr lagen, und zu der Zukunft, die sie in Chirnanok gestalten würde.

„Ich werde mein Bestes geben", versprach Annika entschlossen. „Ich werde nicht aufhören, bis ich Chirnanok zu dem guten, magischen Ort gemacht habe, der es mal war."

Luna lächelte. „Ich habe keinen Zweifel daran, Annika. Du wirst eine großartige Prinzessin sein."

Mit diesen Worten stieg sie wieder in den See und das Wasser kräuselte sich leicht, als sie fast lautlos in der Tiefe verschwand.

„Wir sehen uns, tapfere Prinzessin!" Virenna winkte zum Abschied und Annika spürte den Wind in ihrem Gesicht, als die Fee sich, mit flimmernden Flügeln, in die Luft erhob und dem Horizont entgegenflog.

Sie stand nun allein da; ihre neuen Ohrringe glänzten im Sonnenschein und in ihrem Herzen wuchs die Entschlossenheit, ihre Reise fortzusetzen.

Frieden

Nachdem Luna und Virenna sich verabschiedet hatten, schritt Annika, mit einem erneuerten Sinn für ihre Bestimmung, auf die Schule zu. Die Luft war frisch und klar; Sonnenstrahlen brachen durch die Baumwipfel und tauchten die Welt in ein sanftes, goldenes Licht.

Sie fasste sich vorsichtig an ihre Ohren, die noch leicht pochten und brannten, und spürte die kühle Glätte der Ohrringe. Es war ein seltsames Gefühl, eine ständige Erinnerung an ihre neue Rolle und Verantwortung.

Das Herz klopfte heftig in ihrer Brust, als sie die vertrauten Mauern erreichte, die still und ruhig im Morgenlicht standen.

Hinter den mit Basteleien geschmückten Fenstern waren Schüler und Lehrer zu sehen, die sich mit Buchstaben, Zahlen oder Landkarten befassten. Wie weit weg erschien ihr die Vorstellung, dass sie noch vor wenigen Wochen selbst dort gesessen hatte!

Sie dachte kurz an den strengen Hausmeister, während sie das Gebäude betrat, mit einem An-

flug von Angst, von ihm erwischt zu werden. Dann fiel ihr ein, dass er ja sicherlich noch im Krankenhaus lag – sein Leitersturz war erst eine Woche her.

Vorsichtig schlich sie sich durch die Korridore, ihr Atem flach, ihre Schritte leise. Sie war wie ein Schatten, der sich unbemerkt durch die Flure bewegte, vorbei an Klassenzimmern, aus denen das leise Murmeln des Unterrichts drang. Jedes Geräusch ließ sie innehalten, bei jedem Flüstern hielt sie an und lauschte.

Sie stieg schließlich die knarzenden Stufen hinab und eilte zielstrebig durch die unheimlichen Gänge des Kellers.

Als sie den Heizungskeller erreichte, spürte sie eine Gänsehaut über ihren Rücken kriechen. Der in schwachem, trügerisch warmem Licht erleuchtete Raum war ein Labyrinth aus Rohren und Schatten, das ebenso geheimnisvoll wie verlassen wirkte. Sie trat ein und rief leise: „König Emeric?"

Ein sanftes, bläuliches Leuchten erfüllte langsam die Luft und die Gestalt des Königs erschien, sein Gesicht geprägt von der Qual der Jahrhunderte. „Annika", grüßte er, mit seiner leidvollen, hallenden Stimme. „Du bist zurückgekehrt."

Sie trat näher; die neuen Ohrringe glänzten an ihr, als sie demonstrativ ihre Haare zurück

strich.

„Ich bin hier, um mich Ihnen als die neue Kronprinzessin von Chirnanok zu präsentieren", erklärte sie pathetisch, ihre Stimme voller Stolz und Entschlossenheit.

Emerics tote Augen funkelten, als er sie betrachtete. „Du hast also Virenna gefunden und die Tränen der Fee von ihr erhalten."

„Naja", lächelte Annika schief. „Eigentlich hat eher Virenna mich gefunden."

Der König ging über diesen Einwand hinweg. „Du hast den wahren Pfad der Prinzessin beschritten, Annika. Du wirst eine würdige Nachfolgerin meiner Königin Cheandra werden. Doch dein Chirnanok wird nicht das Reich von einst sein. Deine Bürde wird es sein, es in den Köpfen und Herzen der Menschen neu zu erbauen!"

„In den Köpfen und Herzen?"

Annika lauschte gespannt, als Emeric fortfuhr. „In den Herzen der Menschen, wirst du das wahre Königreich finden. Es ist ein Ort, der nicht durch Mauern oder Armeen, sondern durch Liebe, Mitgefühl und Verständnis geschützt wird. Du wirst eine Führerin sein, die nicht nur regiert, sondern auch inspiriert und lehrt."

Er machte eine Pause und sein Gesichtsausdruck wechselte, von gequältem Ernst zu fast so etwas wie Freundlichkeit. „Du wirst Geschichten er-

zählen, die die alten Werte von Chirnanok lebendig halten. Geschichten von Tapferkeit und Güte, von Weisheit und Gerechtigkeit. Diese Erzählungen werden die Menschen an das erinnern, was einst war und ihnen Hoffnung auf das geben, was sein könnte."

„Aber wie kann ich das erreichen?", fragte Annika, ihre Stimme zitterte leicht vor der Größe der Aufgabe.

„Durch deine Taten, durch dein Beispiel", antwortete Emeric. „Zeige ihnen, was es bedeutet, gütig und gerecht zu sein! Hilf denen, die Hilfe benötigen und stehe denen bei, die keinen Beistand haben! Deine Güte wird in den Menschen widerhallen und sie dazu anregen, das Gleiche zu tun."

Emeric schwebte näher an Annika heran. „Du wirst Brücken bauen, wo Mauern stehen. Du wirst Licht in die Dunkelheit bringen und den Menschen zeigen, dass sie gemeinsam stärker sind als allein. Du wirst ein Netz des Vertrauens und der Unterstützung spinnen, in dem jeder Einzelne zählt und seine Rolle spielt."

Das Mädchen verstand höchstens die Hälfte, aber es nickte.

„Es wird Momente des Zweifels und der Herausforderung geben", fuhr er fort. „Aber du wirst feststellen, dass in diesen Situationen die größten Gelegenheiten liegen, zu wachsen und

zu lernen. Dein Königreich wird in den Menschen gedeihen, jedes Mal, wenn du ihnen zeigst, dass eine bessere Welt möglich ist."

Er schwebte langsam aufwärts, in Richtung der Decke, und sein fahles Leuchten schien sich zu verstärken.

„Deine Aufgabe wird es auch sein, die alten Traditionen von Chirnanok mit der neuen Welt zu verbinden. Du wirst Hilfe erhalten, sie zu erlernen und weiterzugeben. Du wirst Brücken zwischen der magischen und der nicht magischen Welt schlagen, um ein tieferes Verständnis und Respekt füreinander zu fördern."

Emerics Gestalt begann zu verblassen, als er seine letzten Worte sprach. „Du wirst ein lebendiges Symbol für die Hoffnung von Chirnanok sein, Prinzessin Annika. Ein Leuchtfeuer in der Dunkelheit; ein Leitstern für alle, die den Weg verloren haben. Durch dich wird das wahre Königreich von Chirnanok leben."

Annika spürte, wie diese Worte sich in ihrem Herzen einnisteten; eine Verbindung zu einem Erbe, das älter schien als die Zeit selbst. „Ich verspreche, dass ich alles in meiner Macht Stehende tun werde, um diese Mission zu erfüllen", gelobte sie.

In dem Moment, als sie ihr Wort gab, begann König Emeric wieder stärker zu leuchten; sein Licht wurde heller und wärmer. Der gequälte

Ausdruck in seinem Gesicht verwandelte sich in einen Ausdruck tiefen Friedens. „Du hast mich erlöst, Prinzessin Annika", sagte er, seine Stimme nun frei von Schmerz. „Ich danke dir! Meine Seele kann nun endlich Frieden finden."

In einem goldenen Strahl, der den ganzen Keller erhellte, löste er sich auf. Annika spürte die Wärme und Liebe, die von dem Lichtschein ausgingen. Tränen der Rührung stiegen in ihre Augen, als sie die Essenz von König Emeric fühlte, während diese mit dem Licht verschmolz und in die Ewigkeit entschwand. „Leb wohl, König Emeric", flüsterte sie leise.

Als das Leuchten verblasste und der Raum wieder in Stille versank, stand Annika allein da, erfüllt von einem Gefühl des Friedens und der Zuversicht. Sie wusste, dass ihre Reise gerade erst begonnen hatte, aber sie fühlte sich gestärkt und bereit, die Herausforderungen anzunehmen, die vor ihr lagen. In einem tiefen Bewusstsein der Verbundenheit mit Chirnanok und seinen Menschen machte sie sich auf den Weg zurück ins Dorf – bereit, ihren Auftrag zu erfüllen und das Königreich in den Herzen der Menschen wiederaufzubauen. Wie auch immer sie dies bewerkstelligen sollte.

Ein Neuanfang

Als Annika den düsteren Keller der Schule verließ, begrüßte sie die blendende Mittagssonne. Vor der Kellertür warteten, an der Wand sitzend, ihre treuen Schmetterlingsbegleiter; ihre Flügel schillerten wie Juwelen im Sonnenschein. Einer der Falter, besonders lebendig und farbenprächtig, tanzte vor ihr in der Luft, als wollte er unbedingt sein Schicksal erfüllen. Sanft landete er auf Annikas ausgestreckter Handfläche und verwandelte sich, mit dem inzwischen vertrauten, sanften „Pling!", in das vierte Glied ihres werdenden Armbands.

Vorsichtig schlug sie das funkelnde Schmuckstück in das Tuch ein, in dem sie auch die anderen aufbewahrte, und steckte es behutsam zurück in die Brusttasche ihrer Latzhose.

Als der Schulgong ertönte, strömten Schüler aus den Klassenzimmern.

Einige tuschelten kaum verhohlen, andere zogen sich hastig zurück, als sie Annika sahen. Sie aber schritt, umflattert von ihren verbliebenen drei Schmetterlingen, stolz und unbeirrt durch die Menge. Ihr Blick war fest nach vorn gerichtet, mit einem unerschütterlichen Lächeln auf ihren Lippen.

Zu Hause wurde Annika von ihrer Mutter empfangen.

„Annika, komm, wir müssen reden", sie deutete in die Küche.

Das Mädchen folgte ihr besorgt – auf diese Worte folgte selten etwas Gutes!

Marlene schenkte ihnen beiden eine Tasse Tee ein, bevor sie sich am Tisch gegenübersetzten. „Ich habe Neuigkeiten für dich."

Dann bemerkte sie das Glitzern zwischen den Haaren ihrer Tochter. „Sind das Ohrringe?", fragte sie erstaunt.

Annika nickte und legte sie frei, worauf sich Marlene näher heran beugte, um sie zu betrachten.

„Die sind aber hübsch! Woher hast du die denn?", wollte sie neugierig wissen.

Annika erzählte ihr von den Tränen der Fee, ihrer Bedeutung und wie Virenna ihr am See die Ohrlöcher gestochen hatte. Marlenes Augen weiteten sich besorgt.

„Mit einer Brosche? Am See? Annika, das ist doch nicht steril!" Trotz ihrer Bedenken lächelte sie und fügte hinzu: „Sie stehen dir sehr gut, mein Schatz. Aber wir müssen aufpassen, dass sich das nicht wieder entzündet!"

„Ja, Mama. Ich werde sie jeden Tag sauber machen." Annika war froh, dass ihre Mutter es so leicht aufnahm. Sie hatte mehr Ärger befürchtet.

„Nun", fuhr Marlene dann fort, während sie sich wieder zurücklehnte. „Ich habe mit Herrn Nie-

dermayer gesprochen, dem Rektor deiner Grundschule. Du kannst leider nicht dorthin zurückkehren."

Sie faltete die Hände auf dem Tisch. „Aber es ist wichtig, dass du weiter zur Schule gehst! In Sinfingen habe ich einen Platz für dich gefunden. Morgen ist dein erster Tag."

Annika fühlte sich von der Nachricht überrumpelt. „Aber Mama, das wird mich nur aufhalten!", protestierte sie. „Ich muss mich auf die Aufgaben der Zauberschule konzentrieren."

„Annika, Bildung ist wichtig", erwiderte die Frau bestimmt. „Du kannst nicht den ganzen Tag träumen und Schmetterlingen nachjagen! Die Zauberschule wird warten, aber jetzt musst du lernen, wie alle anderen Kinder auch."

„Das heißt jetzt *Prinzessin Annika*!", pampte sie trotzig und zog eine Schnute.

„Meinetwegen, euer Hoheit!", antwortete Marlene schnippisch. „Aber ab morgen geht Ihr trotzdem wieder zur Schule."

Mit gesenktem Kopf akzeptierte Annika widerwillig die Entscheidung ihrer Mutter. Sie hatte nie gerne die Schule besucht, fühlte sich dort fremd und unverstanden. Doch sie wusste, dass Widerspruch zwecklos war.

Nach dem Gespräch zog sie sich ins Mädchenzimmer zurück, sinnierte über die bevorstehende Herausforderung und wie sie ihre neuen Pflich-

ten mit ihren magischen Aufgaben vereinbaren konnte. Sie betrachtete die Silberschmetterlinge in ihrer Handfläche und überlegte, wie sie weiterhin ihrem wahren Ruf folgen könnte, während sie sich den alltäglichen Anforderungen des Lebens stellen musste.

Tief in Gedanken versunken, bereitete sie sich auf den nächsten Tag vor, entschlossen, das Beste aus der neuen Situation zu machen. Sie wusste, dass sie ihren Weg finden würde, egal welche Hindernisse es dabei zu überwinden galt.

Kapitel 6: **Sinfingen**

Schule

Am nächsten Morgen brachte Marlene ihre jüngere Tochter zur neuen Schule in Sinfingen. Die Sonne war gerade aufgegangen, tauchte die Welt in ein sanftes, goldenes Licht und zeichnete lange Schatten auf die Straßen der ruhigen Kleinstadt.

Annika saß still neben ihrer Mutter, ihre Hände fest um den Schulranzen geklammert, während der alte, rote Kombi über den löchrigen Asphalt rumpelte. Sie fühlte sich unbehaglich bei dem Gedanken, in eine Schule zu gehen, wo sie noch niemanden kannte.

Als sie vor dem Schulgebäude ankamen, legte Marlene tröstend ihre Hand auf Annikas Schulter. „Du wirst das großartig machen", sagte sie sanft. „Denk daran, was du schon alles erreicht hast! Da kann dich so eine Grundschule doch nicht mehr kleinkriegen."

„Nein, Mama." Das Mädchen stieg zögerlich aus und schritt langsam die breiten Stufen zur Eingangstür hinauf.

Ihre blauen Augen weiteten sich, als sie die lebhaften Korridore und die fröhlichen Gesichter ihrer Mitschüler sah. Der Geruch von frischem

Wachs, Tinte und Papier empfing sie, als sie durch die Flure ging. Die Wände waren mit bunten Plakaten und Kunstwerken bedeckt, und irgendwo hörte sie das chaotische Gequietsche von Blockflöten, die alle etwas anderes zu spielen schienen.

Annika schluckte schwer und ging weiter. Alles fühlte sich fremd und beängstigend an.

Herr Weber, ihr neuer Klassenlehrer, stellte sie ihren Mitschülern vor und sie setzte sich auf den einzigen freien Platz – und der war auch noch neben einem Jungen!

Lustlos saß sie die erste Stunde ab – Naturwissenschaft und Technik, kurz NWT. Noch dazu war die Klasse mitten in einem Thema, das sie bisher nicht kannte, sodass sie ohnehin kaum etwas verstand.

Im Kunstunterricht jedoch, wo die dritte und vierte Klasse zusammenkamen, bemerkte sie ein Mädchen mit dunkelblonden Haaren, das ihr sanft und freundlich erschien. Sie saß allein an einem Tisch in der Ecke des Raumes, vertieft in ihre Zeichnungen. Annika setzte sich zögerlich neben sie.

„Hallo", begann sie zaghaft. „Ich heiße Annika. Ich bin neu hier."

Das Mädchen sah auf und lächelte. „Hallo, Annika! Ich bin Klara." Ihre Stimme war weich und einladend. „Bist du in die dritte Klasse ge-

kommen?"

„Ja", antwortete Annika und fühlte sich etwas wohler. „Und du?"

„Ich bin in der vierten", entgegnete Klara und zeigte auf ihr Bild. „Ich versuche, eine Meerjungfrau zu malen. Aber das ist echt schwer!"

„Ja, wirklich." Annika dachte an Luna, die Merrow, die gänzlich anders aussah.

„Ich mag auch Kunst", versuchte sie das Gespräch am Laufen zu halten und bemerkte, wie ein Schmetterling sanft auf Klaras Zeichnung landete. Die beobachtete ihn fasziniert.

„Das ist wunderschön", staunte sie. „Woher kommt der denn?"

„Er ist magisch", flüsterte Annika. „Ich habe ein paar davon. Sie sind Teil einer Mission, die ich erfüllen muss, um auf die Zauberschule zu dürfen."

Klaras Augen leuchteten auf. „Du bist magisch? Das ist ja unglaublich! Meine Mama war eine Zauberin. Sie hat im Krieg gekämpft und ist dort gefallen. Aber ich habe fast gar keine Erinnerung an sie."

Annika fühlte sich sofort mit dem anderen Mädchen verbunden. „Mein Papa war auch Magier und ist im Krieg gestorben. Er war ein…" Sie zögerte, dann sagte sie leise: „Ein Prinz. Und das macht mich zur Prinzessin von Chirnanok."

Klara sah sie mit großen Augen an. „Eine Prin-

zessin? Das ist ja wie im Märchen!"

„Ja!" Annika zeigte auf ihre silbernen Ohrringe. „Diese habe ich von einer Fee bekommen, nachdem ich eine Herausforderung bestanden habe. Sie sind uralt und sehr besonders!"

„Sie sind wunderschön", staunte Klara ehrfürchtig. „Ich habe mich nie getraut, mir Ohrlöcher machen zu lassen." Sie berührte sacht einen der rosafarbenen Edelsteine, der vor langer Zeit eine Träne gewesen war, magisch versteinert durch einen finsteren Zauber von Merlock dem Ersten.

„Hast du die wirklich von einer Fee bekommen?"

„Ja", nickte Annika. „Ihr Name ist Virenna. Sie ist eine der Hüterinnen von Chirnanok. Und die Ohrringe bekommt nur die Königin."

„Das klingt wie ein Märchen", wiederholte Klara staunend. „Ich wünschte, ich hätte solche Abenteuer."

„Vielleicht kannst du mich mal begleiten", schlug Annika vor. „Ich habe noch drei Prüfungen vor mir."

Klara strahlte. „Das wäre wundervoll!"

Die beiden Mädchen sprachen den ganzen Kunstunterricht über und entdeckten, dass sie viel gemeinsam hatten.

Klara erzählte von ihrem Vater Thomas und ihren Brüdern Max und Simon.

„Wir leben etwas außerhalb von Sinfingen", er-

klärte Klara. „Du musst uns mal besuchen kommen! Mein Papa baut die tollsten Sachen. Und wir haben einen großen Garten."

Als die Schulglocke läutete, standen die Mädchen zusammen auf. „Wir sehen uns in der großen Pause wieder", lächelte Klara. Annika nickte und ging mit einem Gefühl der Freude und Aufregung zu ihrer nächsten Stunde.

Danach fanden sich die neuen Freundinnen, wie verabredet, auf dem Schulhof wieder. Sie setzten sich auf eine Bank unter einem alten, schattigen Baum.

„Erzähl mir mehr von deinen Schmetterlingen", bat Klara, während sie ihr Pausenbrot auspackte. „Und von dieser Mission!"

Annika holte tief Luft und begann, von ihren Abenteuern in Chirnanok zu erzählen: von Luna, der Merrow, und den Aufgaben, die ihr gestellt worden waren, durch Nepomuk, den sprechenden Kater. Von Johann, Bruno und dem Geist von König Emeric. Klara hörte gebannt zu, ihre braunen Augen glänzten vor Begeisterung bei jedem neuen Detail.

Viel zu früh läutete die Schulglocke, signalisierend, dass die Pause vorbei war. Die beiden Mädchen erhoben sich und gingen zurück in den Unterricht, ihre Herzen erfüllt von der Freude einer neu gefundenen Freundschaft und dem Versprechen zukünftiger Abenteuer.

Als die Stunde begann, fühlte Annika sich immer noch von der Begegnung mit Klara beflügelt, was jedoch schnell verflog, als ihre Mathelehrerin mit dem Stoff loslegte.

Sie kam sich schnell wieder als Außenseiterin vor; die Zahlen und Formeln an der Tafel schienen wie eine fremde Sprache zu ihr zu sprechen. Sie biss sich auf die Lippe und versuchte, nicht zu zeigen, wie verloren sie sich fühlte.

„Brauchst du Hilfe?", flüsterte der Junge neben ihr. Er hatte kurze, schwarze Haare und ein freundliches Lächeln. „Ich bin Lukas."

„Danke", erwiderte Annika schüchtern. „Ich glaube, ich komme schon klar." Sie lächelte ihm zu und spürte, wie sich ihre Anspannung etwas löste.

Die restlichen Stunden vergingen in einem Wirbel aus neuen Gesichtern, Stimmen und Eindrücken. Im Sportunterricht fühlte sie sich ungeschickt, obwohl sie eigentlich immer gut darin gewesen war. Die Zeit zog sich wie Kaugummi und mehr als einmal wünschte sie sich, wieder in Chirnanok zu sein.

In der letzten Pause des Tages saß Annika allein auf einer Bank und beobachtete die anderen Kinder, die spielten und lachten. Sie fühlte sich einsam und vermisste ihre alte Schule, das vertraute Umfeld – die Kinder, die sie kannte, auch wenn die sie nicht mochten. Die Schmetterlinge,

die sonst immer um sie herumflatterten, hatten sich verstohlen zurückgezogen, als wollten sie ihre Stimmung widerspiegeln.

Doch dann hörte sie eine vertraute Stimme.

„Hey, Annika!", rief Klara, als sie auf sie zulief. „Wie war dein Tag bisher?"

Annika zuckte mit den Schultern. „Okay, denke ich. Es ist alles so neu."

„Das verstehe ich", sagte Klara mitfühlend. „Aber du gewöhnst dich daran. Und du hast schon eine Freundin gefunden." Sie zwinkerte ihr zu.

Annikas Lächeln kehrte zurück. „Ja, das stimmt. Danke, Klara!"

Als die Schule endlich aus war, packte sie ihre Sachen und machte sich auf den Weg zum Ausgang. Sie fühlte sich erschöpft, aber auch ein wenig hoffnungsvoller als am Morgen. Vielleicht würde es doch nicht so schlimm werden, in Sinfingen.

Vor dem Gebäude wartete Marlene schon in ihrem Auto. Ihr Gesicht hellte sich auf, als sie Annika sah. „Wie war dein erster Tag?", fragte sie, als ihre Tochter ins Auto stieg.

„Es war... interessant", antwortete die und schnallte sich an. „Ich habe eine Freundin gefunden. Sie heißt Klara."

Marlenes Augen strahlten bei der Neuigkeit. Annika hatte sonst nie die Nähe von anderen Kin-

dern gesucht, und mit Ausnahme von Luna hatte sie keine Freunde gehabt. „Das ist ja toll! Ich bin so stolz auf dich."

„Es war aber auch schwer", gab das Mädchen zu. „Alles ist so anders hier."

„Aber du bist stark, Schatz", versicherte ihre Mutter, während sie den Motor startete. „Du wirst dich einleben und noch mehr Freunde finden. Und denk daran, dass du zu Hause immer über alles reden kannst!"

Annika nickte und blickte aus dem Fenster. Die Straßen von Sinfingen zogen an ihr vorbei, jede Ecke noch unbekannt und voller Geheimnisse. Sie dachte an Klara und an die Abenteuer, die sie ihr versprochen hatte. Möglicherweise war dieser neue Anfang gar nicht so schlecht.

„Mama?", fragte sie leise. „Kann Klara mal zu uns kommen? Ich glaube, sie würde dir gefallen."

„Natürlich", antwortete Marlene lächelnd. „Ich freue mich darauf, sie kennenzulernen."

Als sie nach Hause fuhren, fühlte Annika sich müde, aber auch erfüllt. Sie hatte den ersten Tag in der neuen Schule überstanden und sogar eine neue Freundin gefunden. Vielleicht, dachte sie, war es der Beginn von etwas Gutem.

Das Einhorn

Seit einigen Tagen besuchte Annika nun schon ihre neue Schule in Sinfingen. Sie hatte sich inzwischen an das allmorgendliche Ritual gewöhnt, von ihrer Mutter in dem rostigen VW 1500 Variant dort abgesetzt zu werden.

Doch jeden Morgen, wenn sie aus dem Wagen stieg, spürte sie die neugierigen Blicke ihrer Mitschüler, die tuschelnd zu dem heruntergekommenen, alten Auto sahen.

„Mama, warum kann ich nicht einfach mit dem Bus zur Schule fahren, so wie Seraphina?", fragte Annika einmal, während sie sich abschnallte. Sie spielte nervös mit den Schnallen ihres Ranzens.

Marlene seufzte leise, während sie den Motor abstellte. „Liebling, Seraphina geht auf das Gymnasium in Untergrombach. Aber die Busverbindung nach Sinfingen ist wirklich schlecht! Du müsstest mitten in der Nacht aufstehen, um rechtzeitig zur ersten Stunde zu kommen."

„Aber die anderen Kinder…", begann Annika mit frustrierter Stimme.

„Die anderen Kinder sind nicht du, Annika!", stellte Marlene in strengem Ton fest. „Und die meisten von denen wohnen hier in der Nähe."

Sie drückte ihrer Tochter einen Abschiedskuss auf die Wange und fuhr dann zur Arbeit.

In der Schule fand Annika Trost bei Klara. Sie

war die Einzige, die sie hier bisher als Freundin gewonnen hatte, aber das war immerhin eine mehr als in Chirnanok. In den Pausen und im gemeinsamen Kunst- und Musikunterricht verbrachten die Mädchen viel Zeit miteinander, lernten sich besser kennen und vertieften ihre Freundschaft.

Als sie zusammen auf dem Schulhof standen, sprach Annika das Thema des alten Autos an. „Ich glaube, die anderen Kinder lachen über Mamas alten Kombi", murmelte sie.

Klara sah sie nachdenklich an. „Hast du denn kein Fahrrad?", fragte sie.

Annika schüttelte den Kopf. „Nein, wir hatten nie genug Geld dafür."

„Ich habe vor zwei Monaten ein neues zum Geburtstag bekommen", erzählte Klara und strahlte. „Mein altes ist langsam ein bisschen zu klein für mich geworden, aber es könnte dir passen."

„Wirklich?" Annikas Augen leuchteten auf und die beiden Schmetterlinge, die auf ihren Schultern gesessen hatten, starteten und flatterten aufgeregt durch die Luft.

„Ja!", lachte Klara. Sie legte die Hand auf ihren Scheitel und führte sie dann über Annikas Kopf, um ihre Größe zu vergleichen. „Ich bin ein gutes Stück größer als du. Mein altes Fahrrad steht noch in unserem Schuppen. Wenn mein Papa es erlaubt, könntest du es haben."

Annika konnte ihr Glück kaum fassen. „Das wäre unglaublich!"

Sie blickte aufgeregt um sich, als sie nach Unterrichtsende das Schulgelände verließ, Hand in Hand mit ihrer Freundin. Sie suchte nach der roten Klapperkiste, die sich immer aus der Menge abhob. Heute war ein besonderer Tag: Sie wollte ihrer Mutter Klara vorstellen.

„Hallo Mama! Das ist Klara", posaunte Annika, als Marlene den Wagen vor der Schule zum Stehen brachte. Das ältere Mädchen stand etwas schüchtern daneben und lächelte.

„Hallo, Klara. Schön, dich kennenzulernen", begrüßte Marlene sie herzlich.

„Hallo, Frau Falkner", erwiderte Klara.

„Klara wollte zu Fuß nach Hause gehen, aber ich dachte, wir könnten sie fahren", schlug Annika vor.

„Natürlich, steig ein!", winkte Marlene, während sie die Beifahrertür öffnete und den Sitz vorklappte, damit die Kinder auf die Rückbank klettern konnten.

Während der kurzen Fahrt plauderten sie und Klara ein wenig. Annikas Mutter wollte mehr über die Familie der neuen Freundin erfahren und stellte fest, dass sie ein sehr höfliches und angenehmes Mädchen war. Ihre gewählte und manchmal etwas altkluge Ausdrucksweise amüsierten die Frau.

„Also, du hast Annika dein altes Fahrrad angeboten?", fragte sie.

„Ja, ich habe ein neues bekommen, und das alte ist noch in gutem Zustand", erklärte Klara.

Als Marlene den Wagen vor dem bescheidenen Haus zum Stehen brachte, bemerkte sie sofort die imposante Statur des Mannes, der sie begrüßte.

Klaras Vater war ein Bild von ruhiger Stärke, mit einem sanft gewellten, dunkelbraunen Haarschopf, der ihm ein frisches Aussehen verlieh, obwohl graue Strähnen an den Schläfen seine Lebenserfahrung verrieten. Seine markanten Gesichtszüge waren von einer sanften Bräune überzogen; ein kurzer, gepflegter Bart umrahmte sein Kinn, und seine Haut zeugte von häufiger Arbeit unter freiem Himmel.

Er trug ein einfaches, olivgrünes Hemd, das sich gegen seinen athletischen Körper spannte, und Jeans, die seine handwerkliche Art unterstrichen. Er war der Inbegriff eines Mannes, der im Leben fest verankert war und dennoch ein sanftes Lächeln auf den Lippen trug, das Verständnis und Geduld verhieß.

Klara sprang aufgeregt herum, darauf brennend, ihrem Vater die neue Freundin vorzustellen. „Und Annika hat kein Fahrrad. Ich hab' gesagt: Sie könnte doch mein altes haben, oder? Bitte!"

„Ich hatte eigentlich vorgehabt, es zu verkau-

fen." Ihr Vater runzelte die Stirn. „Aber in Ordnung."

Als die Mädchen jubelten und in den Garten rannten, wandte er sich Marlene zu.

„Sie müssen Annikas Mutter sein", begrüßte er sie mit einer Stimme, die sowohl fest als auch herzlich war. „Klara hat in den letzten Tagen fast nur noch von ihr gesprochen. Ich bin Thomas, Klaras Papa."

„Marlene", nickte sie, während ein warmes Kribbeln in ihrem Bauch aufstieg. „Es ist schön, Sie kennenzulernen, Thomas."

Die beiden schüttelten sich die Hände, und für einen flüchtigen Moment schien es, als würden ihre Blicke länger aneinander haften als nötig. Thomas' Händedruck war fest und sicher, aber in seiner Berührung lag eine Sanftheit, die Marlene überraschte.

„Möchten Sie reinkommen?", fragte er.

Sein Lächeln erweiterte sich zu einem Grinsen, als ob er ihren kleinen Moment des Zwiespalts bemerkt hätte.

„Ich würde gerne, aber vielleicht ein andermal", erwiderte Marlene. „Wir sind eigentlich hier, um das Fahrrad zu holen…"

„Natürlich, das Fahrrad." Thomas räusperte sich. Er drehte sich um, um den Mädchen in den Garten zu folgen. „Kommen Sie, ich zeige es Ihnen!"

Er bewegte sich mit einem natürlichen Selbstbewusstsein, das Marlene sowohl beruhigend als auch faszinierend fand.

„Es war Klaras erster richtiger Drahtesel. Hat mich ein gutes Stück Arbeit gekostet, das Teil herzurichten. Ich habe es vor ein paar Jahren auf dem Schrott gefunden – ziemlich heruntergekommen, aber es hatte definitiv noch Potential. Klara hat es geliebt, aber inzwischen ist sie einfach rausgewachsen."

Marlene fragte sich, wie das Schrottrad wohl aussehen würde, als sie einen blau gestrichenen Schuppen im Garten erreichten. „Hier ist es."

Während er hineinging, um das Objekt des Interesses zu holen, wandte sie sich Annika und Klara zu, die nebeneinander auf einer Doppelschaukel saßen und über das Fahrrad und die Schule plauderten. Marlene beobachtete sie lächelnd, aber ihr Geist war immer noch bei dem Mann, der gerade in der Dunkelheit des Verschlags verschwunden war.

Es war etwas an ihm, das sie nicht ganz fassen konnte; etwas, das tiefer ging als nur sein Aussehen. Vielleicht war es die Art, wie er von Klara gesprochen hatte, mit einer solchen Liebe und einem Stolz, der nicht in Worte zu fassen war. Oder es war seine Präsenz, die die Luft zu erfüllen schien, selbst jetzt, da er nicht mehr da war.

Sie schluckte, als sie merkte, wie sehr er sie an

Alaric erinnerte, als sie beide noch jung gewesen waren.

Als Thomas zurückkehrte und das Fahrrad präsentierte, konnte Marlene sehen, warum Klara so begeistert von ihm gesprochen hatte. Es war nicht nur das Gefährt, das er mit solcher Sorgfalt restauriert hatte; es war die liebevolle Art und Weise, wie er jedem Detail Aufmerksamkeit geschenkt hatte.

Der Rahmen war in Rosa lackiert, die Lenkergriffe waren weiß, ebenso wie die Seiten der Reifen. An den Lenkerenden saßen Knäufe mit nach vorn gerichteten, großen, blauen Kulleraugen, die sogar Wimpern hatten. Auf dem vorderen Schutzblech saß ein schmaler, weißer Plastikkorb. Am hinteren Ende reichte er bis zum Lenker hinauf, während er nach vorn hin in der Höhe abfiel und sich leicht in der Breite verjüngte, sodass seine Form an einen Pferdekopf erinnerte. Anstelle von Nüstern war eine Lampe angebracht. Mittig auf dem Lenker saß, schräg nach vorn ragend, ein gewundenes, spitzes, weißes Horn, und hinten am Gepäckträger, unter einem hoch angebrachten Rücklicht, hing ein weißer Pferdeschweif.

„Ein Einhorn!", rief Annika begeistert und sprang in einem hohen Satz von der Schaukel.

Thomas' Augen leuchteten auf, als er ihre Reaktion beobachtete, während sie herbeigerannt

kam. Er beugte sich hinunter, um sicherzustellen, dass das Fahrrad die richtige Größe für Annika hatte, und Marlene beobachtete ihn. Jede seiner Bewegungen war durchdacht und voller Fürsorge.

Sie spürte, wie sich eine Wärme in ihr ausbreitete, ein Gefühl der Vertrautheit und der Sicherheit, das sie lange nicht mehr gespürt hatte. Sie beobachtete, wie Annika auf das Fahrrad stieg und Thomas ihr mit geduldiger Hand zeigte, wie man die Höhe des weißen Sattels und des Lenkers einstellte. Er erklärte ihr die Dreigangschaltung mit Rücktrittbremse und warnte sie, mit der kräftigen Vorderradbremse aufzupassen, um keinen Überschlag zu machen.

Das Lächeln auf Annikas Gesicht war unbezahlbar, als sie eine erste Proberunde auf den Gartenwegen drehte. Sie hatte lange nicht auf einem Fahrrad gesessen und war zunächst etwas wackelig, trat aber zunehmend sicherer in die Pedale.

Marlene wusste, dass ihnen dieser Tag in Erinnerung bleiben würde.

Schließlich stieg ihre Tochter ab und umarmte Thomas und Klara dankbar.

Die Mutter blickte auf ihre Armbanduhr und stellte fest, dass Seraphina bald von der Schule nach Hause kommen würde.

Thomas verstand ihren Blick. „Nu denn, Mä-

dels! Sagt tschüss! Ihr seht euch morgen in der Schule wieder."

Die Freundinnen verabschiedeten sich widerwillig, während die Erwachsenen zum Auto gingen.

„Danke, dass Sie sich die Zeit genommen haben, uns das Fahrrad zu zeigen", sagte Marlene, als Thomas half, das Einhorn im Kombi zu verstauen.

„Es war mir ein Vergnügen", antwortete er, und als ihre Blicke sich trafen, fühlte Marlene, wie ein weiteres warmes Prickeln sie durchströmte.

Sie lächelte verlegen. „Ganz meinerseits."

Als sie und Annika einstiegen, bemerkte diese nicht einmal, wie inzwischen ihr Magen knurrte, während sie auf der gesamten Heimfahrt von ihrem neuen Fahrrad sprach.

Die Radtour

Am nächsten Morgen stand Annika bereits vor Sonnenaufgang auf, ihre Augen leuchtend vor Vorfreude auf die Fahrt zur Schule mit ihrem neuen, rosafarbenen Einhorn-Fahrrad. Doch als sie die Küche betrat, wo Marlene bereits das Frühstück zubereitete, wurde ihr Enthusiasmus gebremst.

„Mama, ich dachte, ich könnte heute mit meinem neuen Fahrrad zur Schule fahren!", sagte Annika, während sie aufgeregt von einem Fuß

auf den anderen trat.

Marlene drehte sich von der Arbeitsplatte um, ein sanftes Lächeln auf den Lippen. „Ich weiß, Liebling, aber ich möchte, dass wir die Strecke zuerst zusammen abfahren, bevor du alleine losradelst. Nur um sicherzugehen, dass du den Weg kennst und sicher ankommst."

Enttäuschung huschte über Annikas Gesicht, aber sie wusste, dass ihre Mutter recht hatte. „Okay, Mama", gab sie schließlich nach.

Der übernächste Tag war ein Samstag – ein Tag, an dem Marlene nicht arbeiten musste. Sie hatte sich das Fahrrad einer Kollegin geliehen, und Seraphina konnte für den Tag das einer Schulfreundin ausleihen. Alle drei waren bereit für ihre kleine Expedition.

In der Schule hatte Annika am Freitag begeistert mit Klara über die geplante Tour gesprochen und die hatte vorgeschlagen, dass sie sich mit ihrer Familie anschließen könnte. „Vielleicht können ja auch Max und Simon mitkommen", hatte Klara gemeint.

Als Marlene davon gehört hatte, hatte sie gelächelt. „Das klingt nach einer schönen Idee. Wie heißt Klara denn eigentlich mit Nachnamen?"

„Hölzl", hatte Annika prompt geantwortet.

Marlene hatte das Telefonbuch herangezogen und die Nummer der Hölzls gefunden. Ein kurzes Telefonat mit Thomas hatte genügt, und die

Verabredung für Samstag hatte gestanden.

Am Samstagmorgen nun lagen die Straßen von Chirnanok still und ruhig da, als Marlene, Seraphina und Annika sich auf ihre Räder schwangen. Die frische Morgenluft fühlte sich belebend an, während sie durch die noch schlafende Ortschaft fuhren.

Annikas Enthusiasmus war zurückgekehrt, jetzt, wo sie an der Seite ihrer Mutter und Schwester radelte.

Sie hatten den Weg zur Schule schon einige Male mit dem Auto zurückgelegt, aber auf dem Fahrrad war es ein ganz anderes Erlebnis. Sie spürte die Freiheit, die das Radfahren mit sich brachte, und die Aufregung, die Welt aus einer neuen Perspektive zu sehen.

Marlene nutzte die Zeit, um Annika auf die kleinen Details des Weges aufmerksam zu machen. „Siehst du diese Kreuzung, Annika? Immer schön rechts halten und den Verkehr im Auge behalten!", warnte sie, während ihre Augen sorgsam die Straße absuchten.

Ihr Weg führte sie aus dem Dorf heraus, durch Wiesen und Felder, bis sie schließlich den Ortsrand von Sinfingen erreichten.

Als sie an der Schule ankamen, warteten die Hölzls schon auf sie. Thomas schien genauso aufgeregt zu sein wie die Kinder und begrüßte

die Falkners mit einem breiten Lächeln.

„Guten Morgen!", rief er ihnen zu. „Bereit für ein kleines Abenteuer?"

Die Kinder quiekten begeistert und stimmten ihm zu. Marlene und Thomas tauschten einen warmen Blick aus, bevor sie ihre Gruppe von sieben auf den Radweg führten.

Die Sonne stand nun höher am Himmel und tauchte die Landschaft in ein sanftes Licht. Die Kinder fuhren vorneweg, ihr Lachen und Geplapper bildeten die Musik ihres kleinen Konvois. Annika und Klara plauderten über ihre Lieblingsbücher, während Seraphina und Simon sich über eine Fantasy-Serie im Fernsehen austauschten, die der kleine Max bislang nicht mit anschauen durfte. Er versuchte deshalb immer wieder auf sich aufmerksam zu machen, um allen zu zeigen, wie schnell er fahren konnte.

Marlene und Thomas fuhren Seite an Seite, ihre Räder summten leise auf dem Asphalt. Sie sprachen über alltägliche Dinge, ihre Arbeit, das Wetter, aber bald kamen sie auf tiefergehende Themen zu sprechen.

„Es ist manchmal schwer, die Vergangenheit loszulassen", gestand Marlene, während sie einen schmalen Pfad am Rand eines Feldes entlangfuhren. „Seit Alarics Tod war es nicht leicht für uns. Aber davor war es noch schlimmer. Zum Glück waren die Mädchen noch zu klein,

um viel vom Krieg mitzubekommen."

Thomas nickte. „Das kann ich gut verstehen. Aber ich glaube, es ist wichtig, dass wir offen für neue Kapitel in unserem Leben sind."

Die Unterhaltung floss natürlich und leicht, und Marlene fand Trost in Thomas' Worten. Es war eine Weile her, dass sie so offen mit jemandem gesprochen hatte.

An einer kleinen Lichtung machten sie Rast, stellten ihre Fahrräder ab und verteilten die mitgebrachten Snacks. Die Kinder rannten lachend auf die Wiese, während Marlene und Thomas sich auf eine alte Bank setzten.

„Du hast eine wundervolle Familie", sagte Marlene, als sie die spielenden Kinder beobachtete.

„Du auch", erwiderte Thomas. „Ich denke, unsere Kinder kommen wunderbar miteinander aus."

Die beiden sprachen über ihre verstorbenen Partner, wobei Marlene sorgsam darauf achtete, nichts von Alarics späterem Dasein als schwarzer Meister zu erzählen. Sie fühlte sich noch nicht so weit, dieses schwierige Thema anzusprechen.

Erinnerungen wurden ausgetauscht und ihre Hoffnungen für die Zukunft geteilt. Es war ein Moment der Verbindung und des Verständnisses, eine seltene Gelegenheit, sich jemandem zu öffnen, der ähnliche Erfahrungen gemacht hatte.

Als es Zeit wurde, weiterzufahren, halfen Tho-

mas und Marlene den Kindern, ihre Helme aufzusetzen und die Fahrräder wieder in Gang zu setzen.

„Das macht wirklich Spaß heute!", strahlte Annika, die auf ihrem Einhorn vorneweg reiten wollte. Ihre Wangen waren rosig gefärbt, von der frischen Luft und der Bewegung, und ihre Augen strahlten vor Glück.

„Ich freue mich schon auf das nächste Mal", erwiderte Klara und gab Annika einen freundschaftlichen Stoß mit der Schulter, bevor sie auf ihr eigenes Rad stieg.

Seraphina und Simon, die bis dahin ein wenig abseits gestanden hatten, kamen nun dazu. Simon hielt ein paar Wildblumen in der Hand, die er dem Mädchen schüchtern anbot. „Für dein Zimmer", sagte er leise.

Seraphina, deren Wangen sich bei der Geste hellrot färbten, nahm sie mit einem sanften Lächeln an. „Danke, Simon. Sie sind wunderschön."

Marlene beobachtete den Austausch mit einem wissenden Lächeln, während Thomas sich räusperte und tat, als würde er sein Fahrrad inspizieren, um den Kindern ihren Moment zu lassen.

Der wurde jedoch unterbrochen, als Max herangestürmt kam, weil er Simon unbedingt den großen Hirschkäfer zeigen wollte, den er aufgesammelt hatte. Seraphina quiekte erschrocken, ließ

die Blumen fallen und flüchtete rasch zu ihrem Rad, während die Jungen ihr verdutzt nachsahen.

„Es ist schön, zu sehen, wie schnell Kinder Freundschaften schließen", schmunzelte Marlene, als sie und Thomas wieder aufbrachen. „Ja, sie haben diese Unschuld und Offenheit, die wir als Erwachsene manchmal verlieren", stimmte Thomas zu. „Es erinnert mich daran, wie wichtig es ist, das Leben zu genießen und nicht immer so ernst zu sein."

Während sie weiterfuhren, lachten und alberten die Kinder zusammen, machten kleine Wettrennen und riefen einander zu. Annika und Klara diskutierten bereits, wann sie ihre nächste Radtour machen könnten, während Simon Seraphina versprach, ihr sein Lieblingsbuch zu leihen.

Die Radtour nahm sie entlang eines Flusses, wo sie anhielten, um die Aussicht zu genießen. Das Wasser plätscherte beruhigend, und über ihnen zeichneten sich die Konturen von Schwalben gegen den blauen Himmel ab.

„Das ist wirklich ein perfekter Tag", bemerkte Marlene und schaute zu Thomas, der neben ihr stand.

„Ja, das ist er", antwortete er und traf ihren Blick. In diesem Moment schien alles Andere unwichtig zu sein – die Vergangenheit, die Sorgen, der Alltag. Es gab nur diesen Augenblick,

diese Verbindung und das sanfte Rauschen des Stroms.

Als sie später am Nachmittag zurück nach Sinfingen fuhren, waren sie alle ein wenig müde, aber zufrieden. Die Sonne stand nun tief am Horizont und tauchte die Landschaft in ein weiches, goldenes Licht. Die Kinder waren inzwischen ruhiger geworden, ihre anfängliche Energie durch die langen Stunden im Freien gedämpft.

„Wann machen wir das wieder?", fragte Annika und blickte zu Klara hinüber.

„Bald, hoffe ich", antwortete Klara. „Das war der beste Tag seit Langem!"

Simon und Seraphina fuhren nebeneinander. Gelegentlich wechselten sie Worte, die von den anderen unbemerkt blieben, aber von stillen Lächeln und vertrauten Blicken begleitet wurden.

Marlene und Thomas fanden sich wieder an der Spitze des Trosses und sprachen über das Leben, ihre Hoffnungen und sogar über die kleinen Freuden des Alltags. Es war eine Unterhaltung, die nicht von der Schwere der Vergangenheit belastet war, sondern von der Leichtigkeit des Seins getragen wurde.

„Weißt du", sagte Marlene nach einer Weile, „ich hatte fast vergessen, wie schön es ist, einfach mal rauszukommen und die Natur zu genießen."

„Es ist leicht, das zu vergessen", erwiderte Thomas. „Wir werden so oft von unseren Routinen eingenommen. Aber Tage wie heute erinnern uns daran, was wirklich zählt."

Als sie sich dem Haus der Hölzls näherten, hielt die Gruppe an, um sich zu verabschieden. Es wurden Umarmungen ausgetauscht und Versprechen für zukünftige Treffen gemacht. Simon lief schnell hinein und gab Seraphina schüchtern das Buch, das er erwähnt hatte; sie strahlte erfreut.

„Danke für den wundervollen Tag", sagte Thomas und richtete seinen Blick auf Marlene. „Es war wirklich etwas Besonderes."

„Das war es", stimmte Marlene zu, und für einen Moment hielt sie seinen Blick fest, ehe sie sich umdrehte, um Seraphina und Annika zu sich zu rufen.

Obwohl sie erschöpft waren, sprachen die Mädchen auf der Fahrt nach Hause unaufhörlich über die Ereignisse des Tages. Sie amüsierten sich über die Blumen, die Simon Seraphina geschenkt hatte, wobei diese heimlich trauerte, weil sie sie hatte fallen lassen. Sie schwärmten von den Wildtieren am Fluss und darüber, wie schön es gewesen war, Zeit mit Klara und ihren Brüdern zu verbringen.

„Mama, dürfen wir das bald wieder machen?", fragte Seraphina.

„Natürlich", antwortete Marlene, ein Lächeln zu ihren Töchtern schickend. „Das war erst der Anfang vieler Abenteuer."

Und während die Dämmerung die Welt in ein sanftes Zwielicht tauchte, fühlte Marlene regelrecht den Beginn eines neuen Kapitels in ihrem Leben.

Zu viel Glück

Als die Klingel den Tag beendete, machten sich die zwei Freundinnen auf den Weg zur Telefonzelle auf dem Schulhof. Klara griff nach dem Hörer und warf eine Münze ein, um ihren Vater anzurufen.

„Hallo Papa, ich werde heute Nachmittag mit Annika nach Chirnanok fahren. Ist das okay?", fragte sie, während sie ungeduldig von einem Fuß auf den anderen trat.

„In Ordnung, aber macht zuerst eure Hausaufgaben!", antwortete Thomas am anderen Ende der Leitung.

„Versprochen, Papa!", sagte Klara und legte auf. Sie drehte sich zu Annika um, die draußen gewartet hatte. „Wir können los!"

Die Mädchen schwangen sich auf ihre Fahrräder und machten sich auf den Weg. Die Sonne stand hoch am Himmel und flutete den Weg mit warmem Licht. Sie plauderten und lachten, während

sie durch die malerische Landschaft strampelten.

In Annikas Zuhause angekommen, breiteten sie ihre Schulmaterialien auf dem Küchentisch aus. Sie arbeiteten konzentriert an ihren Hausaufgaben, um das Versprechen, das Klara ihrem Vater gegeben hatte, zu erfüllen.

„Jetzt können wir Luna besuchen, die Merrow, von der ich dir erzählt habe!", freute sich Annika, als sie fertig waren.

Klara strahlte vor Begeisterung. „Ja, lass uns gehen!"

Sie radelten zum Luminarasee, wo das Wasser in der Nachmittagssonne glitzerte. Als sie das Ufer erreichten, tauchte Luna aus den blauen Tiefen auf. Ihr Erscheinen war sanft und anmutig, ihre grüne Haut schimmerte feucht im Licht und ihr Lächeln spiegelte die tiefe Weisheit und Freundlichkeit wider, die ihr eigen war.

„Willkommen zurück, Prinzessin Annika", grüßte sie mit einem ehrerbietigen Knicks. Ihre Stimme war so klar und melodisch wie das Plätschern des Wassers, das sie umgab.

Klara, die neben Annika stand, betrachtete Luna mit offensichtlicher Faszination und Verwunderung. „Prinzessin?", wiederholte sie, den Blick zwischen Annika und Luna hin und her wandern lassend. „Du bist also wirklich eine Prinzessin, Annika?"

„Es ist eine Ehre, die mir verliehen wurde, kein Geburtsrecht", erklärte Annika mit einem bescheidenen Lächeln. „Virenna, die Hüterin der Prinzessinnen von Chirnanok, hat mir die Tränen der Fee übergeben", sie deutete auf ihre Ohrringe, „die die Macht und Güte von Chirnanok symbolisieren. Sie und der Geist des letzten Königs – der in meiner alten Schule gespukt hat – haben mich zur Prinzessin gemacht. Ich soll die erste neue Königin werden."

„Das ist alles wahr", bestätigte Luna, als sie sich der ungläubig dreinschauenden Klara zuwandte. „Und du, du kannst mich in meiner wahren Gestalt sehen. Das bedeutet, dass auch du magisches Blut in dir trägst."

Das Mädchen sah sie mit großen Augen an. „Magisches Blut? Wegen meiner Mama? Heißt das, ich habe auch Zauberkräfte?"

„Ja, das ist sehr wahrscheinlich", nickte Luna. „Die Fähigkeit, Merrows zu sehen, ist ein Zeichen dafür, dass magische Kräfte in dir schlummern."

„Ja!", ergänzte Annika. „Die meisten Menschen sehen Luna bloß als einen Frosch oder Fisch. Meine Mama und Phina auch."

Klara schien von dieser Enthüllung überwältigt, aber ihre Augen glänzten vor Aufregung. „Das ist unglaublich! Ich hatte keine Ahnung."

„Viele Menschen mit magischer Abstammung

wissen nichts von ihren Fähigkeiten", sprach Luna. „Die Magie kann manchmal tief verborgen bleiben, bis etwas oder jemand sie weckt."

„Und wie können wir Klaras Fähigkeiten hervorholen?", fragte Annika, die sich sichtlich freute, dass ihre Freundin auch Teil der magischen Welt sein könnte.

„Es gibt viele Wege", erklärte Luna. „Es beginnt mit der Erkundung deiner Verbindung zur Natur und der Auseinandersetzung mit deinen innersten Gefühlen und Gedanken. Die Magie ist oft mit deinen Gefühlen verknüpft."

„Das klingt spannend!" Klaras Stimme war voller Neugier. „Aber wie fange ich damit an?"

„Du könntest damit beginnen, die Natur zu beobachten und zu spüren, wie sie auf dich reagiert", schlug Luna vor. „Versuche, deine Gedanken zu öffnen und dich auf die Energie um dich herum einzustimmen. Manchmal sind es die kleinen Dinge, wie das Flüstern des Windes oder das Plätschern des Wassers, die uns den Weg zeigen."

„Und ich werde dir dabei helfen", versprach Annika und nahm ihre Freundin bei der Hand. „Wir werden das gemeinsam herausfinden."

„Danke, Annika", erwiderte Klara mit einem Lächeln. „Ich bin so froh, dass ich dich habe."

„Die Entdeckung und Entwicklung deiner magischen Fähigkeiten ist eine persönliche Reise",

fuhr Luna fort. „Es wird Momente des Zweifels und der Unsicherheit geben, aber auch Zeiten großer Freude und Erkenntnis. Sei geduldig mit dir selbst und erlaube deiner Seele, in ihrem eigenen Tempo zu wachsen."

Die Mädchen saßen am Ufer des Sees und lauschten den Worten Lunas, während sie ihnen von der Geschichte der Merrows, von den Geheimnissen des Sees und den Legenden, die sich um Chirnanok rankten, erzählte. Sie führte auch Klara durch ihre ersten Übungen zur Entdeckung ihrer Magie, bis die Sonne langsam am Horizont unterging, den Himmel in ein Kaleidoskop aus Farben verwandelnd.

Als der Abend hereinbrach, machten sich Annika und Klara auf den Weg zu ihren Fahrrädern. Sie hatten sie an Straßenlaternen auf einem Parkplatz festgemacht, jenseits des Baumhaines am Ufer des Luminarasees. Erfüllt von den Geschichten und Geheimnissen, die sie von Luna erfahren hatten, traten sie angeregt plaudernd aus den Schatten des Waldes. Doch was sie nun vorfanden, ließ Annikas Herz in Stücke brechen. Entsetzt starrten die Mädchen auf das, was von Annikas geliebtem Fahrrad übrig geblieben war. Die Laterne, an der es angeschlossen gewesen war, stand schief. Das Gefährt selbst war vollkommen zerstört, verbogen und verformt, als

hätte es ein Riese wie Papier zusammengeknüllt. Reifenspuren auf dem Boden zeigten deutlich, dass ein LKW das kleine Rad erfasst und dann den Unfallort verlassen hatte.

Tränen stiegen in Annikas Augen auf, als sie die traurigen Überreste betrachtete. „Mein Einhorn", flüsterte sie schluchzend. „Es ist alles kaputt!"

Klara legte ihren Arm um Annikas Schultern und versuchte, sie zu trösten. „Es tut mir so leid, Annika. Wir werden das irgendwie regeln."

Gemeinsam sammelten sie die Einzelteile des zerstörten Fahrrads zusammen und machten sich, unter der Last ächzend, auf den Weg zu Annika nach Hause. Klaras unversehrtes Rad ließen sie an der anderen Laterne zurück.

Zu Hause angekommen, nahm Marlene ihre Tochter sofort in den Arm. „Oh, mein Schatz, was ist passiert?", fragte sie besorgt, als sie die verbogenen Trümmer sah.

Annika erzählte ihrer Mutter weinend, wie sie es vorgefunden hatten. Die rief daraufhin Thomas an und bat ihn, Klara und ihr Fahrrad abzuholen und einen Blick auf das „getötete Einhorn" zu werfen.

Seraphina riss die Augen auf, als sie das Wrack erblickte. „Oh, Niki, das ist ja schrecklich!" Sie nahm ihre kleine Schwester fest in den Arm.

Sie wunderten sich wütend darüber, wie ein

Lastwagenfahrer einfach ein Fahrrad umfahren konnte, ohne es zu merken.

„Das hat der bestimmt gemerkt", äußerte Marlene grimmig. „Aber er ist einfach weggefahren, damit er keinen Ärger dafür bekommt."

„Das ist so gemein!", heulte Seraphina, die solidarisch mit ihrer Schwester Tränen vergoss.

Thomas traf bald darauf mit seinem weißen VW-Bus ein, nachdem er Klaras Rad am See aufgesammelt hatte.

Er schaute sich den verformten Klumpen aus Metall und Plastik an und seufzte tief. „Es tut mir leid, Annika, aber das ist wirklich nicht mehr zu reparieren", sagte er sanft.

Annikas Tränen brachen erneut hervor. „Es ist der Fluch!", rief sie aus und schniefte. „Papas Fluch lässt uns einfach nie Glück haben."

Marlene stand neben ihrer Tochter, fassungslos und tief betroffen, weil sie wusste, dass das Mädchen recht hatte. „Es ist nicht deine Schuld, Annika." Sie legte tröstend ihren Arm um sie.

Thomas blickte verwirrt drein. „Ein Fluch? Dein Vater? Was meinst du damit?"

Marlene zögerte, bevor sie antwortete.

„Annikas Vater, Alaric. Ich habe dir von ihm erzählt. Als alles noch gut war. Aber später... Er... Er war ein dunkler Meister, der im magischen Krieg für Merlock XIII kämpfte."

Sein Gesicht war wie versteinert, als sie fort-

fuhr:

„Er hat uns verflucht, als ich die Kinder nahm und ging, damit wir ohne ihn nie glücklich werden sollten." Sie schluckte. „Er fiel in der Schlacht von Ensingen. Aber sein böser Fluch blieb bei uns."

Thomas' Miene verfinsterte sich plötzlich, als er scharf Luft einsog und eine nie gesehene Härte funkelte in seinem Blick. „Alaric Falkner? In welcher Einheit kämpfte er bei Ensingen?"

Mit einem beklemmenden Gefühl in der Brust sah Marlene ihn an, versuchte ihn zu lesen. „Er... Er war der Kommandant der dritten Schwarzen Garde."

Plötzlich blitzten Wut und Abscheu in Thomas' Augen auf. „Dann sind wir hier fertig", bestimmte er kalt. „Klara, wir gehen."

„Was? Warum?", stammelte Annika, noch immer in Tränen aufgelöst.

„Dein Vater", spie Thomas, „hat Klaras Mutter umgebracht!"

Seine Tochter, die das Gespräch mit angehört hatte, starrte ihre Freundin schockiert an; ihre Augen waren weit aufgerissen.

„Das kann nicht sein", flüsterte sie.

Thomas packte sie bei der Hand. „Wir gehen jetzt."

Annika sah sie mit flehenden Augen an. „Klara, ich... Es tut mir so leid!"

Die starrte sie fassungslos an; Tränen standen in ihren großen, braunen Augen. „Ich… Ich weiß nicht, was ich sagen soll."

Thomas zog Klara zum Auto, die sich nicht rühren konnte, überwältigt von dem, was sie eben erfahren musste. Sie warf Annika einen letzten, gequälten Blick zu, bevor sie in den Kleinbus stieg und ihr Vater die Schiebetür zuschlug.

Die Falkners blieben zurück, völlig aufgelöst und erschüttert. Marlene umarmte ihre Töchter fest, während sie alle drei weinend dem großen Auto nachblickten, das in der Dunkelheit der Nacht verschwand. Der Fluch von Alaric Falkner hatte erneut zugeschlagen, und die Familie war tiefer in Trauer und Einsamkeit versunken als je zuvor.

Kapitel 7: **Licht**

Vergebung

Die Schulbibliothek von Sinfingen war an diesem verregneten Dienstagmorgen ein Hort der Stille. Tropfen trommelten sanft gegen die Fensterscheiben, während ein diffuses, trübes Licht durch die Wolken drang und den Raum in eine gedämpfte, ruhige Atmosphäre hüllte. Staubige Bücherreihen wirkten wie Wächter alter Geheimnisse, die sich in den Regalen aneinanderreihten, ihre Rücken stolz und erwartungsvoll. In einer Ecke des Raums saß Klara, vertieft in ein Buch, dessen Seiten beim Blättern im Zwielicht flüsterten. Ihre blonden Haare fielen sanft über ihre Schultern und ihre Stirn lag in Konzentration gefaltet. Um sie herum breitete sich eine Aura der Abgeschiedenheit aus, ein unsichtbarer Kokon, der sie von der Außenwelt abschirmte.

Annika, die am Eingang der kleinen Bibliothek stand, beobachtete sie zögernd. Das Herz schlug ihr bis zum Hals, als sie den ersten Schritt in Klaras Richtung machte. Jede Bewegung fühlte sich an wie eine Reise durch vermintes Gelände, jeder Atemzug wie ein stummes Flehen um Vergebung.

Als sie näher kam, spürte Annika, wie das Ge-

wicht ihrer Worte schwer auf ihrer Zunge lag. Die Erinnerungen an die letzten Wochen – an den Schmerz, die Tränen und die Worte, die gefallen waren – schwebten wie Geister zwischen ihnen.

Sie setzte sich vorsichtig gegenüber ihrer verlorenen Freundin, ihre Hände fest gefaltet in ihrem Schoß, als suchten sie Halt in dieser ungewissen Situation.

Klaras Augen hoben sich von den Seiten ihres Buches, trafen Annikas Blick – kühl, distanziert, aber nicht ohne eine Spur von jener Wärme, die ihre Freundschaft gekennzeichnet hatte.

„Klara, ich… Ich vermisse dich", begann Annika, ihre Stimme kaum mehr als ein Flüstern. Sie spürte, wie ihre Worte in der Stille verloren gingen, als würden sie von den Büchern um sie herum aufgesogen.

Klara schloss ihres und legte es beiseite. Ihr Gesichtsausdruck war schwer zu deuten – eine Mischung aus Schmerz, Nachdenklichkeit und einer tiefen, unausgesprochenen Traurigkeit.

„Annika, es ist nicht so einfach", erwiderte sie mit gedämpfter Stimme. „Dein Vater hat meine Mutter umgebracht. Wie soll ich damit umgehen? Wie kann ich das einfach so hinter mir lassen?"

Annika fühlte einen Stich im Herzen. Klaras Worte trafen sie wie Pfeile, jeder einzelne eine

Erinnerung an die unauslöschliche Tat, die sie von ihrer besten Freundin trennte.

„Ich weiß", sagte sie zitternd. „Und ich verstehe, wenn du wütend oder traurig bist. Aber ich bin nicht mein Vater. Er hat uns schon genug weh getan. Er darf nicht auch noch unsere Freundschaft kriegen!"

In Klaras Augen zeigte sich ein Zwiespalt – ein Kampf zwischen dem Wunsch, die Vergangenheit hinter sich zu lassen und der Unfähigkeit, den Schatten zu überwinden, der auf ihrer Verbindung lastete.

„Nein", flüsterte sie schließlich. „Aber es tut weh. Es ist, als wäre ein Teil von mir verloren gegangen und ich weiß nicht, wie ich ihn zurückbekommen soll."

Annika nickte, ihre eigenen Augen feucht vom Mitgefühl.

„Ich weiß", erwiderte sie. „Aber ich bin hier für dich. Wir können das gemeinsam durchstehen."

In diesem Moment war zwischen ihnen mehr als nur ein Band zwischen zwei Mädchen – es war ein Versprechen, einander durch die Dunkelheit zu begleiten und einander zu stützen, wenn die Welt zu schwer wurde. Es war ein leises Flüstern der Hoffnung in der Stille einer verregneten Bibliothek.

In den darauffolgenden Tagen bemühte sich An-

nika unermüdlich, ihre Freundschaft mit Klara wiederherzustellen.

Sie hinterließ kleine Zettel mit aufmunternden Botschaften an ihrem Schließfach, teilte ihre Pausensnacks mit ihr und bot ihr Unterstützung bei den Hausaufgaben an, obwohl sie der Viertklässlerin kaum wirklich dabei helfen konnte.

Jede Geste, so klein sie auch sein mochte, war ein leises Klopfen an die Tür von Klaras Herz. Zunächst zurückhaltend und vorsichtig, begann diese allmählich, ihre Distanz zu verringern. Es gab Augenblicke, in denen ein zögerliches Lächeln ihre Lippen umspielte und Momente, in denen ihre Augen nicht mehr ganz so kühl erschienen. Die Mauern, die sie um sich herum aufgebaut hatte, begannen zu bröckeln – Stein für Stein, um das warmherzige Mädchen zu enthüllen, das sie eigentlich war.

Eines Tages, während einer Kunststunde, als sie nebeneinander saßen und an ihren Projekten arbeiteten, brach Klara leise das Schweigen.

„Danke, Annika. Für alles." Sie lächelte. „Es bedeutet mir viel."

Annikas Herz machte einen kleinen Hüpfer vor Freude.

„Ich täte alles für dich", flüsterte sie. „Ich will wiedergutmachen, was mein Vater kaputt gemacht hat. Ich kann dir deine Mama nicht wiedergeben, aber ich kann dir die beste Freundin

sein. Ich werde immer für dich da sein. Machen wir es nicht wie unsere Eltern!"

Ihre Stimme war fest, ein Echo ihres wachsenden Selbstbewusstseins.

Klara nickte langsam. „Du hast recht. Wir sollten es besser machen. Unsere Freundschaft ist stärker als der Hass deines Vaters oder die Wut von meinem."

Annika schaute auf ihre Hände, die um den Pinsel geklammert waren. „Ich möchte nicht, dass mein Vater uns auch noch das nimmt."

Die Mädchen blickten einander in stillschweigendem Verständnis an.

Langsam, aber sicher fanden sie wieder zueinander, Bande neu knüpfend, stärker und belastbarer als zuvor.

Die Tage vergingen, und die Freundschaft zwischen Annika und Klara blühte wieder auf. Sie verbrachten ihre Pausen zusammen, lachten und teilten Geheimnisse, als wäre die Kluft zwischen ihnen nie da gewesen. Die Schatten der Vergangenheit begannen zu verblassen, überstrahlt von der Wärme ihrer wiedergefundenen Nähe.

Derweil war der Schulhof des Gymnasiums in Untergrombach, an diesem klaren Herbsttag, belebt mit dem üblichen Treiben der Schüler. Bunte Blätter tanzten im Wind, während die Sonne sanft über den laubbedeckten Boden strahlte.

In einer Ecke, etwas abseits vom Trubel, stand Seraphina, an den Stamm eines großen Kastanienbaums gelehnt. Ihre Augen waren auf ein Buch gerichtet, aber ihr Geist weilte offensichtlich woanders.

Simon, schlank und nachdenklich, mit seinem ordentlichen, dunkelbraunen Haar, näherte sich zögernd. Er trug auch ein Buch unter dem Arm, sein Blick fixiert auf das einsame Mädchen. Als er sich ihr näherte, schluckte er nervös.

„Hi, Seraphina", begann er leise, als er neben ihr stehen blieb.

Sie blickte auf und ein Hauch von Überraschung huschte über ihr Gesicht.

„Hi, Simon!" Ihr Herz klopfte vor unerwarteter Nervosität.

Es herrschte kurzzeitig Stille, während Simon nach den richtigen Worten suchte. „Ich... Ich wollte mit dir reden. Über... Na ja, über das, was passiert ist."

Seraphina nickte, ihr Blick vorsichtig, aber interessiert.

„Okay", sagte sie leise.

Der Junge atmete tief durch und sah in die Ferne, als ob er dort seine Gedanken sammeln könnte. „Ich war verletzt, als ich erfuhr, was dein Vater getan hat. Es hat mich wirklich getroffen."

Seraphinas Herz sank, ein schweres Gefühl in

ihrer Brust. „Simon, ich…"

Er hob seine Hand, um sie zu unterbrechen. „Aber ich habe erkannt, dass es unfair von mir wäre, dich dafür verantwortlich zu machen. Du bist nicht dein Vater. Du bist Seraphina."

Dankbarkeit stand in ihren Augen. „Das bedeutet mir viel, Simon."

Ernst, aber voller Wärme, schaute er sie nun direkt an. Seine Ohren erröteten leicht, als er, fast flüsternd, fortfuhr: „Ich mag dich, Seraphina. Und ich hoffe, wir können wieder Freunde sein."

Ihr Herz machte einen Sprung. Sie hatte nicht erwartet, dass er so etwas sagen würde.

Ein Lächeln breitete sich auf ihrem Gesicht aus, und ohne weiter nachzudenken, beugte sich das sonst so schüchterne Mädchen vor und küsste ihn blitzartig auf die Wange.

Simons Kopf färbte sich augenblicklich rot wie eine Tomate. Er starrte sie für einen Augenblick sprachlos an, bevor er wackelig ein schiefes Lächeln zustande brachte.

„Ich… Das war… schön", stammelte er.

Seraphina lachte leise, ihre Wangen ebenfalls gerötet. „Das dachte ich auch."

Sie standen da, etwas unbeholfen, aber mit einem Gefühl der Erleichterung und Freude.

Simon räusperte sich. „Vielleicht könnten wir mal zusammen in der Bibliothek lernen? Oder

einfach nur reden?"

„Das würde ich gerne", erwiderte Seraphina, ihr Herz leichter als seit Langem. „Ich würde mich freuen, Simon."

Die beiden blickten einander in ihre tiefbraunen Augen, mit einem neuen Verständnis zwischen ihnen.

Die Last der Vergangenheit schien erträglicher zu werden, beflügelt durch die Hoffnung auf eine neue Freundschaft – oder vielleicht sogar etwas mehr, das sie selbst bislang nicht definieren konnten.

Dann klingelte die Schulglocke, riss sie aus ihrem Moment der Verbindung. Simon lächelte schüchtern.

„Ich muss in den Unterricht. Aber ich freue mich auf später!"

„Ich auch", entgegnete Seraphina, während sie ihm nachsah, als er sich in die Menge der Schüler einreihte.

Die Sonne wärmte ihr lächelndes Gesicht, und sie fühlte sich befreit – als ob ein Teil des Schattens, der sie stets umgab, verschwunden wäre.

Mit einem Gefühl der Vorfreude und Neugier auf das, was die Zukunft bringen würde, sammelte sie ihre Sachen zusammen und machte sich auf den Weg in den Unterricht. Simon und sie hatten einen neuen Anfang gemacht und einen Weg gefunden, über die Schatten ihrer Ge-

schichte hinwegzusehen.

Baustellen

Johann wischte sich den Schweiß von der Stirn und überblickte die Baustelle, seinen neuen Arbeitsplatz, mit einem Gefühl der Entschlossenheit und Hoffnung.
Die Sonne stand bereits tief am Himmel, doch das Geräusch von Hammerschlägen und Kreissägen erfüllte noch die Luft. Er hatte diesen Job als Bauarbeiter erst kürzlich angenommen und war entschlossen, sein Leben wieder in den Griff zu bekommen.
In einer Ecke des unfertigen Stockwerks arbeitete Thomas, ein erfahrener Schreiner mit einer ruhigen und besonnenen Ausstrahlung. Seine Hände bewegten sich geschickt über das Holz, während er konzentriert Ziermuster in einen Balken schnitzte.
Johann, der seine Aufgaben für den Tag erledigt hatte, beobachtete den Handwerker aus der Ferne. Er war fasziniert von der Präzision und dem Engagement, mit denen dieser arbeitete.
Schließlich fasste er Mut, ging auf ihn zu und sprach ihn an.
„Das ist beeindruckende Arbeit, die du da leistest."
Thomas blickte auf, überrascht, aber mit einem

freundlichen Lächeln. „Danke! Die Schreinerei ist nicht nur mein Beruf, sondern meine Berufung, um das Klischee zu zitieren." Er grinste.

Die beiden Männer kamen ins Gespräch. Zunächst ging es um das Schreinerhandwerk und die Arbeit auf dem Bau, doch bald wurden die Themen persönlicher. Johann erzählte von seinem neuen Leben, seiner Zeit auf der Straße und wie er dank der Unterstützung einer besonderen Familie wieder Fuß gefasst hatte.

Thomas hörte aufmerksam zu, beeindruckt von Johanns Offenheit und seiner Entschlossenheit, sein Leben zu ändern.

„Du hast eine bemerkenswerte Reise hinter dir", sprach er anerkennend. „Es braucht viel Mut, sich seinen Dämonen zu stellen und einen neuen Weg einzuschlagen."

Johann nickte. „Ja, es war nicht leicht. Aber ich habe gelernt, dass es nie zu spät ist, sich zu ändern und ein neues Leben zu beginnen."

Die beiden fanden schnell Gemeinsamkeiten in ihren Persönlichkeiten und Lebenserfahrungen. Beide hatten in der Vergangenheit Kämpfe und Verluste erlitten und hatten gelernt, nach vorn zu schauen und die Vergangenheit hinter sich zu lassen.

Im Laufe der nächsten Wochen wuchs ihre Freundschaft. Sie verbrachten die Mittagspausen zusammen, tauschten Geschichten aus und ga-

ben einander Ratschläge. Johann bewunderte Thomas' Fähigkeiten als Schreiner und war fasziniert von seiner ruhigen und überlegten Art, Probleme zu lösen.

Thomas hingegen fand in Johann einen Freund, der seine eigenen Kämpfe und Herausforderungen verstand. Er war beeindruckt von Johanns Willensstärke und seiner Fähigkeit, trotz der Schwierigkeiten, die das Leben ihm in den Weg gelegt hatte, optimistisch zu bleiben.

Eines Tages, als sie zusammen an einem Holzständerwerk arbeiteten, sprach Thomas über seine verstorbene Frau Julia und wie ihr Tod sein Leben verändert hatte. „Sie war eine außergewöhnliche Frau", schloss er mit melancholischer Stimme. „Ihr Verlust hat eine Leere hinterlassen, die schwer zu füllen ist."

Johann nickte verständnisvoll. „Ich kann mir nicht vorstellen, wie schwer das sein muss. Aber ich glaube, sie wäre stolz auf dich, zu sehen, wie du weitermachst."

Thomas lächelte dankbar. „Ich hoffe es. Sie hat immer gesagt, dass das Leben weitergeht, egal was passiert."

Als der Arbeitstag zu Ende ging und die Sonne hinter dem Horizont versank, packten sie ihre Werkzeuge zusammen.

„Weißt du, du hast eine neue Chance im Leben bekommen", sagte Thomas. „Und ich denke, das

ist etwas sehr Wertvolles."

„Ja, das ist es", nickte Johann. „Und ich bin dankbar für jeden neuen Tag."

„Wie wär's, kommst du noch auf ein Feierabendbier mit? Etwas Entspannung nach einem langen Tag", schlug Thomas vor.

„Gern! Das klingt gut", stimmte der Andere zu.

„Es gibt eine kleine Kneipe, gleich um die Ecke", fuhr der Schreiner fort. „Sie ist etwas verräuchert, aber das Bier ist gut."

Die beiden Männer machten sich auf den Weg zu der Bar. Sie war ein altes, etwas heruntergekommenes Lokal, dessen Wände von vielen Jahren des Rauchens und Lachens erzählten.

Sie setzten sich an einen abgenutzten Holztisch, in dessen Platte zahllose kleine Botschaften eingeritzt waren, viele davon nicht jugendfrei. Thomas bestellte ein Bier, während Johann eine Cola orderte.

Thomas sah ihn überrascht an. „Kein Bier für dich?"

Johann lächelte leicht. „Nein, ich trinke nicht mehr. Ich hatte mal Probleme mit Alkohol. Aber das ist jetzt vorbei."

Thomas' Blick wurde nachdenklich. „Das ist beeindruckend. Wie bist du davon losgekommen?"

„Von selbst hätte ich es wahrscheinlich nie geschafft", gestand Johann. „Aber ich hatte Hilfe. Ein Mädchen namens Annika und ihre Familie

haben mir sehr geholfen. Sie hat... Nun, es klingt verrückt, aber sie hat Magie benutzt, um mir zu helfen."

Bei der Erwähnung des Namens erstarrte Thomas. „Annika? Etwa Annika Falkner? Die Tochter des dunklen Hexenmeisters?"

Johann nickte. „Ja, genau sie. Aber Thomas, sie ist nicht wie ihr Vater. Sie und ihre Familie sind gute Menschen."

Thomas' Miene verhärtete sich. „Ihr Vater hat für das Böse gekämpft. Er hat meine Frau getötet! Wegen ihm sind meine Kinder und ich allein."

„Das wusste ich nicht, tut mir leid." Johann legte seine Hand beruhigend auf Thomas' Arm. „Ich verstehe deine Wut. Aber das, was Lena und ich von den Falkners erfahren haben, war reine Güte. Sie haben uns geholfen, zueinanderzufinden."

Thomas schüttelte den Kopf, sichtlich kämpfend mit seinen Gefühlen. „Es ist schwer, das zu akzeptieren. Wie kann ich jemandem vergeben, dessen Handlungen mein Leben zerstört haben?"

„Ich sage nicht, dass du ihm vergeben sollst", sprach Johann ruhig. „Aber die Mädchen und ihre Mutter sind nicht verantwortlich für das, was er getan hat. Sie versuchen nur, das Beste aus ihrem Leben zu machen, trotz der dunklen

Vergangenheit. Trotz des Fluchs, den er ihnen hinterlassen hat."

Thomas saß noch immer steif da, sein Bier unberührt, den Blick in die Ferne gerichtet. „Es ist nicht einfach, Johann. Diese Wunden sind tief."

„Das verstehe ich", erwiderte Johann. „Aber manchmal bringt das Leben Menschen zu uns, die uns helfen, diese Wunden zu heilen. Vielleicht sind die Falkners solche Menschen für dich."

Die beiden Männer schwiegen, verloren in ihren Gedanken. Das schwache Licht der Kneipe warf lange Schatten auf ihre Gesichter, doch in diesem Moment schien ein neues Verständnis zwischen ihnen zu wachsen – die Erkenntnis, dass Vergebung und Heilung manchmal von der unerwartetsten Seite kommen können.

Thomas schaute Johann wieder nachdenklich an, seine Hände um das kalte Bierglas geschlossen.

„Marlene...", begann er zögerlich. „Ich hatte wirklich Gefühle für sie entwickelt, bevor ich von ihrer Vergangenheit erfuhr."

„Sie ist eine bemerkenswerte Frau", nickte Johann. „Stark, fürsorglich und mutig. Sie hat ihr Leben riskiert, um ihre Töchter vor Alaric zu schützen, als sie ihn verlassen hat. Wusstest du das?"

Thomas seufzte und starrte in sein Bier. „Nein,

wusste ich nicht. Aber ich kann nicht verstehen, wie sie überhaupt mit so einem Mann zusammen sein konnte!"

„Menschen ändern sich, Thomas", antwortete Johann sanft. „Und manchmal erkennen wir zu spät, wer sie wirklich sind. Marlene hat das Richtige getan, als sie ging. Sie hat ihre Töchter vor einem Leben in Dunkelheit gerettet."

„Das stimmt", gab Thomas zu. „Ich habe gesehen, wie sehr sie ihre Mädchen liebt und wie hart sie arbeitet, um ihnen ein gutes Leben zu bieten."

„Du solltest nicht zulassen, dass die Schatten der Vergangenheit deine Chance auf neues Glück zerstören", fuhr Johann fort. „Marlene ist nicht verantwortlich für das, was Alaric getan hat. Sie verdient auch eine Chance auf Glück, genau wie du."

Thomas nickte langsam, die Worte seines Freundes in sich aufnehmend. „Ich weiß, du hast recht. Aber es ist nicht einfach, das, was gewesen ist, hinter sich zu lassen."

„Das verstehe ich", entgegnete Johann. „Aber manchmal müssen wir uns unseren Ängsten stellen, um vorwärtszukommen."

Er nahm einen Schluck von seiner Cola. „Und ganz nebenbei wärst du ein Idiot, eine Frau wie Marlene gehen zu lassen!"

Ein kleines Lächeln umspielte Thomas' Lippen.

„Du bist ziemlich direkt, weißt du das?"

Johann lachte. „Manchmal muss man das sein. Ich habe gelernt, dass das Leben zu kurz ist, um sich aufhalten zu lassen."

Thomas nickte, während neue Entschlossenheit in ihm aufkeimte. „Vielleicht sollte ich mit Marlene reden. Ihr erklären, wie ich fühle und sehen, ob wir einen Neuanfang wagen können."

„Das klingt nach einem guten Plan", ermutigte ihn Johann. „Und ich bin sicher, Marlene würde sich freuen, von dir zu hören."

Die beiden Männer leerten ihre Getränke, zahlten und verließen die Kneipe, jeder mit seinen eigenen Gedanken beschäftigt.

Als sie sich auf den Weg machten, war Thomas von dem Entschluss erfüllt, sich der Vergangenheit zu entledigen und sich dafür eine Zukunft zu erarbeiten, die von Liebe und Hoffnung geprägt war.

Neues Glück

Der VW-Bus lenkte sich fast von selbst nach Chirnanok, als die letzten Strahlen der untergehenden Sonne durch die herbstlich gefärbten Blätter schienen.

Das Laub tanzte in kleinen Wirbeln mit dem Wind, während sich Thomas seine feuchten Handflächen an der Jeans abwischte. Nervös

klingelte er an der Tür der Falkners.

Seraphina öffnete ihm und riss erschrocken die Augen auf.

„Mama!", schrie sie, während sie ängstlich zurück in die Wohnung rannte.

Als Marlene aus der Küche trat, zeigte sie sich überrascht, jedoch mit einem vorsichtigen Lächeln, das ihre Besorgnis nicht ganz verbergen konnte. „Thomas, das ist eine Überraschung. Komm doch rein!"

Die Wärme des Hauses umfing ihn wie eine tröstende Umarmung, als er eintrat.

„Ich... Ich wollte mich erst mal entschuldigen." Thomas zwang sich, Marlenes Blick zu begegnen. „Wegen der Szene, die ich neulich gemacht habe. Es tut mir leid."

„Mir auch", nickte die Frau. „Aber ich kann es verstehen."

Sie setzten sich ins Wohnzimmer, wo die vertraute Einrichtung und die sanfte Beleuchtung eine behagliche Atmosphäre schufen.

„Marlene, ich möchte mit dir über die Kinder sprechen", begann Thomas, seine Stimme zögerlich, als ob er jeden Satz sorgfältig abwog.

„Die Kinder?", fragte sie, sich auf dem Sofa ihm gegenüber niederlassend.

„Ja, über Annika und Klara. Seraphina und Simon. Sie haben es geschafft, über die Geschichte hinwegzusehen und sich ihre Freundschaften

zu bewahren."

Er faltete die Hände und räusperte sich. „Vielleicht sollten wir daraus etwas lernen." Sein Blick war tief und nachdenklich.

Marlene nickte langsam. „Kinder sehen die Welt oft mit klareren Augen. Sie klammern sich nicht an Groll."

Thomas lehnte sich vor, seine Finger um die Teetasse geklammert, die Marlene ihm soeben gereicht hatte. „Julia, meine verstorbene Frau... Sie war immer ein Symbol für Liebe und Vergebung. Sie hätte niemals gewollt, dass ich mein Leben im Schatten des Hasses verbringe."

Ein sanftes Lächeln umspielte Marlenes Lippen. „Klingt nach einer wunderbaren Frau."

„Das war sie", bestätigte er. „Und sie hätte gewollt, dass ich glücklich bin."

„Bist du glücklich?", fragte Marlene leise, ihre Augen suchten die seinen.

Er seufzte tief. „Die Kinder und ich, wir hatten einander. Es gab schöne Zeiten und ich dachte, das würde reichen. Aber nein, ich war lange nicht glücklich."

Er hob den Blick und sah tief in ihre dunklen, traurigen Augen. „Aber seit ich dich und deine Töchter kennengelernt habe, hat sich etwas in mir verändert. Ich spüre wieder Hoffnung."

Marlene sah ihn an und die Traurigkeit schien zu weichen, als ihr Tränenfilm im Schein der

Lampe leuchtete. „Das freut mich, Thomas. Ich… habe auch Gefühle für dich entwickelt. Aber ich war mir unsicher, wegen deiner Reaktion auf… das, was war."

„Das tut mir leid", erwiderte er mit einem ernsten Kopfschütteln. „Ich kann Alaric nicht vergeben, aber dir und deinen Töchtern schon. Seine Taten sind nicht eure."

„Das bedeutet mir viel", seufzte Marlene, mit hörbarer Erleichterung in ihrer Stimme.

Thomas nahm einen tiefen Atemzug. „Ich möchte, dass wir einen Neuanfang wagen. Nicht von der Vergangenheit bestimmt werden."

Marlene nickte. „Ein Neuanfang… Ja, das klingt gut."

„Dann… Darf ich dich zu einem Abendessen einladen?", fragte Thomas, ein vorsichtiges Lächeln auf seinen Lippen. „Vielleicht ins Kino danach?"

Ihr Lächeln wurde breiter. „Ich würde sehr gerne mit dir ausgehen."

Er stand auf, ein neues Licht in seinen Augen. „Freitagabend um sieben?"

„Ich freue mich darauf!", erwiderte Marlene, während sie ihn zur Tür begleitete.

Am Eingang hielt er inne. „Danke, Marlene. Für die Chance und für dein Verständnis."

„Danke dir, Thomas. Dass du den Mut hast, dich der Vergangenheit zu stellen", entgegnete sie.

Mit einem letzten Lächeln verabschiedete er sich in die Nacht. Marlene schloss die Tür und lehnte sich einen Moment dagegen, ihr Herz voller Hoffnung und Vorfreude auf das, was kommen mochte. Der Schritt zur Versöhnung war getan, der Beginn einer neuen Zukunft lag vor ihnen. Lächelnd lauschte sie, wie draußen der weiße T2 davon ratterte.

Am späten Freitagnachmittag herrschte in Marlenes Haus eine besondere Aufregung.

Sie stand im Badezimmer vor dem Spiegel und betrachtete kritisch ihr Abbild. Sie hatte sich für ein elegantes, aber schlichtes Kleid entschieden, das ihre schlanke Figur schmeichelhaft betonte. Ihr Haar fiel in sanften Wellen über ihre Schultern, anstelle des gewohnten Zopfes, und sie trug ein leichtes Make-up, das ihre natürliche Schönheit unterstrich.

Die Mädchen beobachteten ihre Mutter von der Türschwelle aus. „Mama, du siehst toll aus!", staunte Annika mit einem breiten Lächeln.

„Danke, Schatz", antwortete Marlene, bevor sie ihren Lippenstift auftrug.

Seraphina trat näher heran, mit einem Ausdruck von Neugier und ein wenig ihrer üblichen Sorge. „Mama, wo gehst du heute Abend hin?"

Marlene drehte sich zu ihren Töchtern um und lächelte. „Nach Untergrombach. Ich habe ein

Date – mit Thomas."

„Ein Date?", wiederholte Seraphina, ihre Augen weiteten sich überrascht.

„Ja", erklärte Marlene. „Wir gehen essen und dann ins Kino."

Annika klatschte in die Hände. „Das ist ja super! Thomas ist cool."

Seraphina schien nachdenklich. „Aber was ist mit dem, was passiert ist? Ich meine, wegen Papa und so…"

Marlene setzte sich auf den Toilettendeckel und winkte ihre Töchter näher heran. „Ich weiß, es ist kompliziert. Aber Thomas und ich, wir verstehen uns gut. Und ich glaube, wir sollten uns die Chance geben, herauszufinden, ob mehr daraus werden kann."

„Aber was ist mit uns? Wer passt auf uns auf heute Nacht?", fragte Seraphina, ein wenig besorgt.

„Keine Angst, meine Kollegin Susanne wird heute Abend hier sein, um auf euch aufzupassen und euch ins Bett zu bringen", beruhigte Marlene sie.

„Susanne ist nett", sagte Seraphina, sichtlich erleichtert.

„Ich möchte, dass ihr wisst, dass ihr immer an erster Stelle steht", fuhr Marlene fort. „Aber ich denke, es ist auch wichtig, dass ich ein bisschen Zeit für mich habe."

Annika nickte verständnisvoll. „Das ist okay, Mama. Du verdienst es, glücklich zu sein."

Seraphina sah ihre Mutter an, ein zarter Ausdruck von Reife in ihren jungen Augen. „Wir wollen nur, dass du glücklich bist, Mama. Und dass du jemanden findest, der dich liebt und sich um dich kümmert."

Marlene war von den Worten ihrer Töchter sichtlich berührt. „Danke, ihr beiden. Das bedeutet mir sehr viel."

„Wirst du uns erzählen, wie es gelaufen ist?", fragte Annika neugierig.

„Natürlich!", antwortete Marlene und stand auf, um ihre Ohrringe anzulegen, die sie seit Ewigkeiten nicht getragen hatte. „Aber jetzt muss ich los. Susanne wird bald hier sein."

Die Mädchen umarmten ihre Mutter fest, und Marlene erwiderte die Umarmung mit all der Liebe, die sie für ihre Töchter empfand. „Ich liebe euch", sagte sie.

„Wir lieben dich auch, Mama", antworteten Annika und Seraphina im Chor.

Mit einem letzten prüfenden Blick in den Spiegel und einem Lächeln auf den Lippen verließ Marlene das Zimmer, bereit für ihren Abend mit Thomas.

Im Haus der Familie Hölzl herrschte eine aufgeregte und fröhliche Stimmung.

Thomas, in seinem Schlafzimmer stehend, betrachtete sich im Spiegel, während er ungeschickt versuchte, seine Krawatte zu binden. Seine Hände zitterten leicht vor Nervosität.

Im Zimmer herrschte ein geschäftiges Treiben, da seine drei Kinder, Klara, Simon und Max, um ihn herumwuselten, während jeder auf seine Weise versuchte, ihm bei den Vorbereitungen für sein Date mit Marlene zu helfen.

„Papa, du musst cool aussehen!", betonte Max, der Jüngste, mit ernster Miene, während er die Schuhe seines Vaters polierte.

Klara stand neben ihrem Vater und half ihm mit der Krawatte. „Lass mich das machen, Papa! Ich habe das bei unserem Schulball gelernt", sagte sie mit einem Lächeln.

Simon, der Philosoph der Familie, beobachtete die Szene mit einem nachdenklichen Blick. „Es ist toll, dich so glücklich zu sehen, Papa. Mama hätte das sicher auch gewollt."

Thomas lächelte seinen Sohn an. „Danke, Simon. Das bedeutet mir viel."

Als Klara den Schlips fertig gebunden hatte, trat sie zurück und betrachtete ihr Werk. „Perfekt!", rief sie aus.

Thomas drehte sich zum Spiegel und begutachtete sich. Er trug ein sauberes, dunkelblaues Hemd und eine grüne Krawatte, die seine Augen hervorhob. „Danke, Klara. Du hast wirklich Ta-

lent."

„Du siehst super aus, Papa!", applaudierte Max, während er aufstand, seine Hände stolz an seiner Hose abwischend.

„Ich bin ein bisschen nervös", gab Thomas zu, während er den Blick vom Spiegel abwandte und in sein Sakko schlüpfte.

Klara trat zu ihm und legte ihre Hand auf seinen Rücken. „Es wird großartig, Papa! Marlene ist nett und ihr passt gut zusammen."

Simon nickte zustimmend. „Genau. Es ist an der Zeit, dass du auch mal wieder Spaß hast. Wir sind groß genug und können uns schon um uns selbst kümmern."

„Ihr seid die besten Kinder, die ein Vater sich wünschen kann." Thomas sah seine drei an, ein Gefühl des Stolzes und der Liebe erfüllte sein Herz. „Ihr wisst, wenn irgendwas ist, könnt ihr jederzeit drüben bei Frau Sirkowski klingeln."

Simon und Klara nickten bestätigend.

Max hüpfte aufgeregt herum. „Wirst du sie küssen, Papa?", fragte er mit kindlicher Neugier.

Thomas lachte. „Das werden wir sehen."

Klara rollte mit den Augen. „Max, hör auf damit."

„Ich werde euch morgen alles erzählen", versprach Thomas, während er seinen Kragen richtete.

„Viel Glück, Papa", wünschten die Kinder im

Chor, als ihr Vater das Zimmer verließ.

Er ging die Treppe hinunter, nahm seinen Autoschlüssel und warf einen letzten Blick auf das Foto seiner verstorbenen Frau Julia, das im Wohnzimmer stand.

„Ich vermisse dich", flüsterte er leise. Dann atmete er tief durch und öffnete die Haustür, bereit für einen Abend, der vielleicht der Beginn von etwas Neuem sein könnte.

Als er die Tür hinter sich schloss und in die Abenddämmerung trat, fühlte er eine Mischung aus Aufregung und Hoffnung. Er stieg in sein Auto und fuhr los, mit schönen Gedanken an Marlene und eine mögliche Zukunft im Kopf.

Ein schöner Abend

Thomas parkte seinen weißen Kleinbus vor Marlenes Haus, sein Herz schlug vor Aufregung. Er überprüfte noch einmal sein Aussehen im Rückspiegel und stieg dann aus.

Der Abend war mild und die Straßenlaternen warfen ein sanftes Licht auf den Gehweg.

Er ging zur Haustür und klingelte. Während er wartete, konnte er nicht umhin, die aufregende Mischung aus Vorfreude und Nervosität zu spüren, die ihn durchströmte.

Die Tür öffnete sich und Marlene stand vor ihm, strahlend und wunderschön. Ihr Kleid umspielte

sie auf elegante Weise und ihr Lächeln ließ sein Herz noch schneller schlagen.

„Du siehst umwerfend aus", staunte er.

„Danke", erwiderte Marlene mit einem Lächeln, das seine Nervosität linderte. „Du siehst auch sehr schick aus",

„Thomas!" Annika kam durch den Flur angerannt und umarmte ihn stürmisch, während Seraphina schüchtern im Hintergrund stand.

„Hallo Annika!" Er wuschelte ihre wilden Haare.

„Du siehst ja schick aus!", grinste sie.

„Nicht so schick wie eure Mama", zwinkerte er.

In diesem Augenblick traf Sabine ein; eine junge, beleibte Frau mit stacheliger, rot gefärbter Kurzhaarfrisur. Sie begrüßten sich und die Mutter gab ihr noch ein paar kurze Hinweise zum Zubettbringen der Mädchen.

Dann verabschiedeten sich Marlene und Thomas von den anderen und machten sich auf den Weg zum Restaurant, das er sorgfältig ausgewählt hatte.

Es war ein gemütliches Lokal mit einem warmen, einladenden Ambiente. Sanfte Musik spielte im Hintergrund und das Licht war gedimmt, um eine intime Atmosphäre zu schaffen.

Sie fanden einen ruhigen Tisch in einer Ecke.

„Ich hoffe, der Ort gefällt dir", sagte Thomas, als sie sich setzten.

„Es ist wunderbar hier", antwortete Marlene, während sie die Speisekarte betrachtete. Sie schluckte ein wenig, als sie die Preise sah. Offenbar wollte Thomas für ihr erstes Date in die Vollen gehen.

Während des Essens tauschten sie Geschichten aus ihrem Leben aus, lachten gemeinsam und entdeckten eine angenehme Leichtigkeit in ihrer Konversation.

Thomas sprach über seine Arbeit als Schreiner und seine Leidenschaft für das Handwerk. Marlene teilte ihre Liebe zum Garten und ihre Erlebnisse als Mutter.

Das Essen war ausgezeichnet. Beide genossen die sorgfältig ausgewählten Gerichte und dazu einen guten Wein. Thomas war nach einem Glas aber auf Apfelsaft umgestiegen. Als Fahrer wollte er seine Verabredung schließlich sicher nach Hause bringen. Nebenbei dachte er auch an Johann und dessen Absage gegenüber dem Alkohol.

„Ich muss sagen, ich habe lange nicht mehr so einen schönen Abend gehabt", gestand Marlene, während sie ihr Dessert aßen.

„Ich auch", stimmte Thomas zu. „Es fühlt sich gut an, wieder auszugehen und eine so angenehme Gesellschaft zu haben."

Marlene lächelte. „Ich bin froh, dass wir den Neuanfang gewagt haben."

Nach dem Essen stand Kino auf dem Programm. „Es läuft ein Film, von dem ich gehört habe, dass er sehr gut sein soll", erzählte Thomas. „Etwas mit einem kleinen Außerirdischen, dem ein paar Kinder helfen, wieder nach Hause zu kommen. Möchtest du?"

„Ja, gern! Das klingt originell", erwiderte Marlene in Vorfreude.

Sie verließen das Restaurant und machten sich auf den Weg zum Filmtheater. Die Straßen waren ruhig und die Nachtluft erfrischend. Während sie nebeneinander hergingen, fanden ihre Hände zueinander, ein zartes Berühren, das mehr als Worte ausdrückte.

Thomas fühlte eine tiefe Zufriedenheit in sich aufsteigen. Er war dankbar für diesen Moment, für die Chance auf einen Neuanfang, und für die Frau an seiner Seite, die ihm zeigte, dass es möglich war, wieder zu träumen und zu hoffen.

Als die beiden Hand in Hand das Kino erreichten, lag eine aufgeregte Stimmung in der Luft. Es war viel los im Foyer und sie mussten einige Zeit an der Kasse anstehen. Doch sie hielten einander weiter bei der Hand und genossen einfach die Zeit zusammen. Schließlich kauften sie die Karten und fanden sogar noch gute Plätze in der Mitte des Saals. Das gedämpfte Licht und das Murmeln der anderen Kinobesucher schufen eine spannende Atmosphäre.

Während der Vorstellung lag ein angenehmes Schweigen zwischen ihnen. Sie waren beide in die Handlung vertieft, aber Thomas fand sich immer wieder dabei, wie er einen Blick zu Marlene warf. Ihr Profil im schummrigen Licht des Kinosaals hatte etwas Beruhigendes und Schönes.

Halbwegs durch den Film legte Marlene ihre Hand auf die Armlehne zwischen ihnen, und nach einem Moment des Zögerns legte Thomas seine Hand vorsichtig auf ihre. Ein Gefühl der Vertrautheit und des Komforts breitete sich aus. Marlene sah ihn an und lächelte; in diesem Augenblick fühlte sich alles richtig an. Sie lehnte ihren Kopf an seine Schulter und er lehnte seinen an den ihren. Er genoss das Gefühl ihres seidigen Haars an seiner Wange, den Duft ihres Shampoos und beide wünschten, der Moment könnte ewig dauern.

Als der Abspann über die Leinwand rollte und das Licht langsam wieder anging, standen sie auf und verließen das Kino.

Draußen war die Luft jetzt kühler und der klare Nachthimmel war übersät mit Sternen.

„Das war ein toller Film", bemerkte Marlene, während sie zu Thomas' Auto gingen. „Besonders der Teil mit den fliegenden Fahrrädern war lustig."

„Ja, ich habe ihn auch genossen", antwortete er.

„Aber vor allem war es schön, ihn mit dir zu sehen."

Marlene schaute zu ihm auf, ihre Augen glitzerten im Licht der Straßenlaternen. „Ich bin froh, dass wir das gemacht haben. Es war ein wirklich schöner Abend."

Thomas fuhr Marlene nach Hause. Unterwegs sprachen sie kaum, aber es war eine angenehme Stille, die von gegenseitigem Verständnis und Zufriedenheit erfüllt war.

Vor dem Haus der Falkners angekommen, hielt er den Wagen an und wandte sich zu ihr. „Ich möchte mich bei dir bedanken, Marlene. Für diesen Abend, für deine Gesellschaft... Es bedeutet mir viel."

Marlene legte ihre Hand auf seine. „Danke, Thomas. Auch mir bedeutet es viel. Du bist ein wundervoller Mann und ich bin froh, dass wir uns diese Chance gegeben haben."

Thomas stieg aus dem Fahrzeug und ging darum herum, um die Beifahrertür für Marlene zu öffnen. Galant half er ihr, mit ihren Stöckelschuhen, aus dem hohen Fahrerhaus des VW-Busses. Gemeinsam gingen sie zur Haustür. Im warmen Schein der Außenbeleuchtung standen sie einen Moment schweigend da, blickten einander an.

„Ich hoffe, wir können das bald wiederholen", sagte Thomas leise.

„Das hoffe ich auch", entgegnete Marlene, ihr

Gesicht nur Zentimeter von seinem entfernt. Thomas beugte sich langsam vor und küsste Marlene sanft auf die Lippen. Die Zeit schien stillzustehen, während sie den zärtlichen Kuss erwiderte.

Als sie sich schließlich voneinander lösten, erstrahlten sie in einem Lächeln, das mehr ausdrückte als tausend Worte. „Gute Nacht, Marlene", flüsterte er.

„Gute Nacht, Thomas", hauchte sie zurück. Sie schloss die Tür auf, trat in ihr Haus, drehte sich noch einmal um und winkte ihm liebevoll zu.

Thomas winkte zurück und stand noch einen Moment da, bevor er sich abwandte und beschwingt zurück zu seinem Auto ging. Er fühlte sich leicht und glücklich, als ob er gerade den ersten Schritt in ein neues Kapitel seines Lebens getan hätte. Mit anhaltendem Lächeln fuhr er nach Hause, voller Hoffnung auf das, was die Zukunft bringen mochte.

Das Ende des Fluchs

Eine Woche später war das Haus der Familie Hölzl am Abend erfüllt von Kinderlachen und Vorfreude auf einen langen Videoabend.

Annika und Seraphina waren zu Besuch gekommen, um mit Klara, Simon und Max bis spät in die Nacht einen gemütlichen Abend vor dem

Fernseher zu verbringen.

„Ich hab' Robin Hood!", rief Max, während er eine Kassette mit einem grün gekleideten Fuchs auf der Hülle in die Luft hielt.

„Au ja! Den kenn' ich noch nicht!", rief Annika.

„Pah." Simon winkte ab. „Wie wär's mit Star Wars?"

„Nein, Star Wars gibt es nicht!", bestimmte Thomas streng. „Dafür ist Max noch zu jung."

„Okay, Papa." Der Junge warf Seraphina ein Lächeln zu, die es etwas schüchtern erwiderte.

Klara zeigte stolz auf den Couchtisch, der mit Snacks übersät war. „Schaut, was ich alles vorbereitet habe! Popcorn, Chips und Limonade!"

„Im Kühlschrank steht auch eine Flasche Cola für euch", merkte Thomas an. „Aber nur die eine!"

„Wir dürfen heute Cola trinken? Wow!", freute sich Max.

Die Mädchen richteten ein kuscheliges Lager aus Kissen und Decken auf der Couch her.

„Das wird so gemütlich", prophezeite Annika, während sie die Daunen aufschüttelte.

Simon kümmerte sich um den Videorekorder. „Alles bereit für unseren Filmabend", verkündete er stolz.

„Sehr gut", lächelte Marlene, die neben Thomas stand und mit ihm die Kinder beobachtete. „Dann viel Spaß heute Nacht!"

„Ihr wisst", erinnerte sie Thomas, „ihr könnt heute Nacht aufbleiben, solange ihr wollt. Ihr habt sturmfreie Bude, aber falls etwas ist, dann ruft drüben bei Frau Sirkowski an oder klingelt gleich bei ihr!"

„Jaaaa!", riefen die fünf Kinder im Chor.

„Gut", lachte Marlene. „Dann seid brav! Tschüss!"

„Tschüss!", echote es.

Die Eltern gingen hinaus zu Marlenes altem Kombi. Sie trug ein schlichtes Kleid und hatte ihr Haar sorgfältig frisiert. Ihr Herz klopfte vor Aufregung und ein wenig Nervosität.

Thomas trug ein lässiges Hemd und Jeans, perfekt für einen entspannten Abend. Sie tauschten ein Lächeln und fuhren dann zum Restaurant, das dieses Mal Marlene ausgesucht hatte.

Das Lokal war gemütlich und bot die perfekte Atmosphäre für einen romantischen Abend, obwohl es nicht so vornehm war wie das ihres ersten Dates.

Sie genossen ihr Abendessen, unterhielten sich über verschiedenste Dinge und lachten viel, wobei die Verbindung zwischen ihnen mit jeder Minute tiefer wurde.

Nach dem Essen schlug Marlene einen Spaziergang vor. Sie schlenderten Hand in Hand durch die ruhigen Straßen, genossen die kühle Nachtluft und die Sterne am Himmel.

Als sie wieder in Marlenes Auto stiegen, sah diese verstohlen zu Thomas hinüber.

„Würdest du… Hättest du Lust, noch ein bisschen mit zu mir zu kommen?"

„Sehr gern." Er beugte sich herüber und sie küssten sich leidenschaftlich.

Am nächsten Morgen, bevor die Sonne über dem Haus der Falkners aufging, erwachte Marlene und blickte auf den friedlich schlafenden Thomas. Sie küsste ihn sanft auf die Stirn und stand leise auf, um sich fertig zu machen.

Nachdem sie sich angezogen hatte, kochte sie Kaffee und stellte ein paar übriggebliebene Brötchen vom Vortag auf den Tisch.

Dann weckte sie Thomas sanft, mit der duftenden Kaffeetasse in der Hand. „Guten Morgen!", flüsterte sie.

Er öffnete verschlafen die Augen und lächelte sie an. „Guten Morgen."

Dankbar nahm er die Kaffeetasse und nippte daran. „Das war eine wundervolle Nacht."

Marlene lächelte und strich sich eine dunkelbraune Haarsträhne hinter ihr Ohr. „Ja, das war sie."

Sie frühstückten zusammen; danach verschwand Thomas im Badezimmer, um sich auch frisch zu machen.

„Es ist Zeit, wir sollten fahren", meinte Marle-

ne, als er wieder herauskam.

„Ja", stimmte er zu. „Die Kinder warten bestimmt schon."

Sie fuhren zum Haus der Hölzls, wo ihnen alle fünf schon freudig im Garten entgegengerannt kamen und gleichzeitig auf sie ein plapperten.

„Hey!", rief Marlene lachend. „Einer nach dem anderen!"

Sie berichteten aufgeregt von ihrem Filmabend.

„Wir hatten so viel Spaß, Mama!", hüpfte Annika.

„Außer beim Flaschendrehen", grummelte Seraphina leise.

Ihre Schwester sah sie scharf an, als hätte sie davon nichts verraten dürfen. „Hey, du musstest wenigstens nicht Max küssen!"

Marlene hob abwehrend die Hände. „Zu viele Details! Aber Hauptsache, ihr hattet eine schöne Nacht."

„Die hattet ihr wohl auch", kommentierte Simon wissend.

„Hey!" Sein Vater blickte ihn streng an und er duckte sich still.

Alle sieben gingen ins Haus und betrachteten das chaotische Schlachtfeld, das einst das Wohnzimmer gewesen war.

„Tja", räusperte sich Thomas. „Was ihr heute zu tun habt, wisst ihr wohl."

Ein allgemeines Nörgeln erhob sich.

„Keine Diskussion!", rief er rigoros. „Ihr dürft gern Chaos machen, aber dann müsst ihr es auch wieder aufräumen. So sind die Regeln!"

Widerwillig begannen seine Kinder mit der Arbeit und Marlene forderte ihre Töchter auf, ihnen zu helfen, da sie ja auch mitgemacht hatten. Weil das Sofa noch nicht wieder benutzbar war, wischte Thomas mit der Hand einige Chipskrümel und Popcornflocken vom Sessel daneben, setzte sich und nahm die schmunzelnde Marlene auf seinen Schoß.

Annika kam missmutig aus der Küche zurück, wo sie gerade ein paar Gläser zur Spüle gebracht hatte. Doch ihre Miene erhellte sich, als sie ihre strahlende Mutter mit Thomas sah, der seine Arme um sie geschlungen hatte, um sie festzuhalten.

„Mama", sagte sie. „Ich glaube, ich habe dich noch nie so glücklich gesehen."

Marlene lächelte verträumt und nickte. „Ja. Ja, ich glaube, ich bin glücklich."

Mit diesen Worten erfüllte ein hohes Sirren den Raum. Vom Beistelltisch her, neben einer umgeworfenen Blumenvase darauf, war ein greller Schein zu sehen, ehe ein deutliches „Pling!" zu vernehmen war.

Als Annika hinüberging, sah sie ein weiteres Glied für ihr Armband dort liegen.

Überrascht nahm sie es an sich und betrachtete,

wie es im Licht funkelte, als ihr die Worte ihrer Mutter voll gewahr wurden.

„Mama…" Tränen des Glücks glitzerten in ihren Augen. Sie lief zu ihrer Mutter, die schnell von Thomas' Schoß aufstand, und schloss sie fest in ihre Arme.

Marlene erwiderte die Umarmung und streichelte Annika sanft über den Rücken, während die letzten beiden Schmetterlinge in der Luft um sie herumtanzten.

„Ja, mein Schatz", flüsterte sie. „Ich bin glücklich."

Seraphina, die gerade den Raum betreten hatte, sah sie ungläubig an.

„Aber wie ist das möglich?", wollte sie verwundert wissen. „Ich dachte, wegen Vaters Fluch könnten wir das niemals sein?"

Die Erkenntnis huschte über Thomas' Gesicht, als er aufstand und seinen Arm um Marlenes Taille legte. „Liebe ist stärker als jede schwarze Magie. Das hat Julia immer gesagt."

Er flüsterte in Marlenes Ohr: „Und ich glaube, ich liebe dich."

Sie drehte sich gerührt zu ihm und küsste ihn; die Mädchen standen etwas verlegen daneben. Sie hatten noch nie gesehen, wie ihre Mutter das tat.

„Ich liebe dich auch", hauchte Marlene, mit Tränen in den Augen.

Nach einem Moment der Stille räusperte sich Annika demonstrativ. „Heißt das dann, ihr habt Vaters Fluch gebrochen?"

Wie zur Antwort sirrte es erneut und das bekannte „Pling!" verriet Annika, dass sich der sechste Schmetterling soeben verwandelt hatte.

„Was war denn das?" Klaras Mund stand vor Staunen offen, nachdem sie Zeuge dieses Zaubers geworden war.

„Eine Belohnung für Annika, weil sie eine ihrer magischen Prüfungen bestanden hat", erklärte Thomas. Als er die fragenden Blicke seiner Söhne sah, ergänzte er: „Ich erzähle euch später davon."

„Aber…" Annika hob das Schmuckstück verdattert auf. „Ich habe doch gar nichts dafür getan?"

Thomas lächelte sie an. „Du hast mehr getan, als du glaubst."

Er löste sich aus der Umarmung mit Marlene, ließ sich vor Annika auf die Knie nieder und legte seine Hände auf ihre Schultern. „Ohne dich und deine Freundschaft mit Klara hätten deine Mutter und ich uns nie kennengelernt. Und nach der schockierenden Erkenntnis über Alarics Tat hätten wir wohl auch niemals zusammengefunden. Mir musste erst mal jemand den Kopf waschen dafür."

„Den Kopf waschen?" Sie verstand nicht.

„Johann", grinste er. „Er sagte so was, wie dass

ich ein Idiot sein müsste, deine Mutter einfach gehen zu lassen." Er zwinkerte Marlene zu.

„Das klingt nach ihm", grinste Annika. „Aber ihr seid doch Freunde!"

„Ganz genau", nickte Thomas. „Und das wären wir ohne dich auch nicht geworden. Wir hätten uns wahrscheinlich nie getroffen, und er hätte niemals so gut über eure Familie gesprochen, wenn du ihm nicht geholfen hättest."

„Wie ich immer sage", lächelte Marlene. „Wenn du den Leuten etwas Gutes tust, kommt auch etwas Gutes dafür zurück."

Sie freuten sich zusammen, über die gelösten Aufgaben und noch mehr darüber, dass Alarics Fluch nun endlich von ihnen genommen war!

Annika wickelte die zwei kleinen Schätze zu den anderen in das Tuch und verstaute es wieder in der Brusttasche ihrer geliebten Latzhose.

Dann ließ Marlene den Blick über das Chaos schweifen, das noch immer im Wohnzimmer herrschte.

„So!" Sie klatschte in die Hände. „Dann tut jetzt mal wieder was Gutes, und sorgt hier für Ordnung!"

Die Mädchen guckten sie entgeistert an, aber selbst das konnte ihre Stimmung nicht trüben. Und so machten sie sich wieder an die Arbeit.

Das letzte Glied

Am nächsten Morgen, einem Sonntag, erwachte Annika von einem lauten „Rumms"!

Sie öffnete die Augen und sah, dass Seraphina neben dem Stockbett hockte.

„Autsch!", rief diese und lachte. „Das tut barfüßig ganz schön weh."

Annika realisierte, dass ihre sonst so ängstliche Schwester soeben aus dem Bett über ihr gesprungen war.

Jetzt rannte sie voller Energie ins Bad. Annika hörte die Klospülung, den Wasserhahn, dann kam die Ältere, mit strahlenden Augen, zurück in ihr Zimmer gehüpft.

„Ist alles okay, Phina?", fragte Annika, während sie sich an die Bettkante setzte und den Schlaf aus ihren blauen Augen rieb.

„Mehr als okay!" Ihre große Schwester strahlte. „Ich habe noch nie so gut geschlafen!"

Sie warf sich ihren flauschigen, weißen Bademantel über und lief dann in die Küche, wo Marlene schon mit dem Frühstücksgeschirr klapperte.

„Guten Morgen, meine Süße!", begrüßte die sie. Auch ihr fiel sofort die Veränderung auf. „Was ist denn mit dir los? Du bist ja so aufgedreht heute."

„Ich fühle mich toll!", strahlte Seraphina, während ihre kleine Schwester, noch etwas verschla-

fen, in den Raum getappt kam. „Es ist, als wäre es plötzlich hell geworden! Die ganze Kälte und die Dunkelheit, das ist alles weg!"

„Das muss wegen dem Fluch sein!", dämmerte es Annika. „Du spürst, dass er weg ist."

„Das muss es sein", nickte die Elfjährige eifrig. Sie warf ihre braunen Locken zurück und lief ans Küchenfenster, schaute hinaus auf die ruhige Straße, die im Morgennebel menschenleer dalag. „Ich weiß gar nicht, was ich zuerst machen soll! Vielleicht können wir im See schwimmen gehen?"

Marlene warf einen Blick auf das Thermometer, das an diesem Herbstmorgen kühle vier Grad anzeigte. „Schatz, das Wasser ist eiskalt!"

„Das macht doch nichts!" Seraphina lachte. „Ich hatte immer Angst, dass mich irgendein böser Merrow am Fuß packt und in die Tiefe zieht. Das klingt jetzt so verrückt!"

„Trotzdem", warf Marlene ein. „Du wirst bloß krank, wenn du bei der Kälte schwimmen gehst. Erinnerst du dich an Annikas Blasenentzündung?"

„Na gut." Sie war kaum zu bremsen, als sie sich an den Tisch setzte und sich eine Tasse Kakao eingoss. „Was können wir dann heute unternehmen?"

„Vielleicht können wir zu Johann und Lena?",

meinte Annika, während sie den Honig auf ihrem Brot verteilte. „Wir könnten mit Bruno spazieren gehen."

„Au ja!" Seraphinas Gedanken an den Hund waren voller Vorfreude, erstmals ohne Angst dabei.

„Das klingt nach einer guten Idee", stimmte Marlene zu und nahm einen Bissen von ihrem Marmeladenbrot. „Ich rufe sie gleich nach dem Frühstück an und frage, ob sie Zeit haben."

„Super!" Seraphinas Blick blieb kurz an einer der Tränen der Fee hängen, als Annika den Kopf drehte und der Kristall im Morgenlicht glitzerte. „Und ich glaube, ich will auch wieder Ohrringe. Darf ich?"

Ihre Mutter sah sie verdutzt an. „Klar, wenn du willst."

Seraphina befühlte ihre Ohrläppchen. „Was hältst du davon, wenn ich mir gleich zwei auf jeder Seite machen lasse? Das ist so cool!"

Marlene verzog etwas das Gesicht bei der Vorstellung. „Eines nach dem Anderen, okay?"

Die drei Falkners aßen in Ruhe zu Ende, während Seraphina immer mehr Ideen kamen, was sie alles tun wollte.

Nach dem Frühstück rief Marlene, wie versprochen, die Enkstätters an, die sich auf einen gemeinsamen Spaziergang freuten.

Als die Falkners in Untergrombach ankamen,

war die Aufregung groß.

Vor Lenas und Johanns bescheidenem Zuhause warteten sie gespannt. Die Tür öffnete sich und die junge Sanitäterin trat heraus; ihr Gesicht strahlte vor Freude.

„Hallo! Wie schön, euch zu sehen!", rief sie. Johann folgte ihr mit breitem Lächeln.

„Guten Morgen!", grüßte er. „Freut mich, euch hier zu haben."

Bruno, der große Rottweiler, tänzelte um ihre Füße, wackelte aufgeregt mit dem Schwanzstummel und schnüffelte neugierig an den Mädchen. Zu Annikas Überraschung spielte ihre große Schwester sofort und ohne Zögern mit dem Hund, streichelte ihn und warf ihm ein am Boden liegendes Stöckchen, das er freudig apportierte.

„Sieht aus, als hätte jemand seine Angst überwunden", bemerkte Johann lächelnd.

„Ja, ich fühle mich wie eine neue Person", erwiderte Seraphina stolz. „Der Fluch ist weg, und ich fühle mich so frei!"

Marlene beobachtete ihre Töchter mit einem warmen Lächeln. „Das ist wunderbar, Schatz. Ich bin so stolz auf dich."

Johann nickte bestätigend. „Es ist erstaunlich, was Liebe und Unterstützung bewirken können."

Lena stimmte zu. „Ihr seid alle wie eine zweite

Familie für uns geworden. Johann hat so viel verändert, seit ihr in unser Leben getreten seid."

„Wir sind einfach dankbar, dass wir helfen konnten", meinte Marlene bescheiden, während sie amüsiert sah, wie ein schillernd blauer Schmetterling sich auf die Sommersprossen von Annikas Stupsnase setzte. Die verzog bei dem kitzelnden Gefühl das Gesicht und griff behutsam danach. Ein Leuchten strahlte aus ihrer Hand, bevor Marlene ein leises „Pling!" vernahm. Sie lächelte ihrer Tochter verstehend zu, die sich sehr freute und das letzte Schmuckstück sorgsam verstaute.

„Wie geht es bei euch zu Hause?", fragte Lena neugierig.

„Gut, wirklich gut", erwiderte Marlene. „Thomas und ich... Wir kommen uns näher."

Annika grinste. „Mama und er hatten vorletzte Nacht ein Date."

„Oh, das ist ja super!", freute sich Lena. „Du hast es verdient, glücklich zu sein, Marlene."

„Danke, Lena. Du bist ein Schatz", antwortete sie gerührt. „Und bei dir, wie steht es um die Arbeit, Johann?"

„Es ist ein Knochenjob, aber es macht auch irgendwo Spaß", entgegnete Johann stolz. „Es fühlt sich gut an, wieder etwas Sinnvolles zu tun."

„Das ist großartig zu hören", sagte Marlene.

„Du hast wirklich einen langen Weg hinter dir."

„Das habe ich", bejahte Johann. „Und es war nicht immer einfach; aber dank euch allen habe ich wieder Hoffnung gefunden."

Er legte seinen Arm um Lena. „Und ich habe meine kleine Maus wiederbekommen."

Die knuffte ihn in die Schulter und schlug dann vor: „Sollen wir einen Spaziergang machen? Das Wetter ist so schön jetzt, und Bruno könnte auch etwas Bewegung gebrauchen."

„Das hatten wir gehofft", stimmte Annika zu.

„Ja, lasst uns gehen!", bestätigte Marlene.

Sie machten sich auf den Weg. Bruno lief voraus, die Leine locker in Johanns Hand.

Es war kühl, aber die Sonne schien und ein leichter Wind wehte durch die bunten Blätter der Bäume. Während sie gingen, erzählten Lena und Johann mehr über ihr gemeinsames Leben und ihre Pläne für die Zukunft. Johann sprach über seine Arbeit und wie er sich auf dem Bau eingelebt hatte. Er war dankbar für die Chance, wieder ein normales Leben zu führen.

„Es ist schön, dich so positiv zu sehen", äußerte Marlene. „Du hast so viel hinter dir."

„Ja, aber jetzt blicke ich nach vorn", erwiderte Johann. „Ich habe gelernt, dass es nie zu spät ist, ein neues Kapitel aufzuschlagen."

„Das ist eine wichtige Lektion", erkannte Marlene nachdenklich. „Wir alle haben die Kraft, un-

ser Leben zu ändern, egal wie schwierig die Umstände auch sein mögen."

Johann nickte. „Thomas hat auch versprochen, ein paar Beziehungen bei der Handwerkskammer für mich spielen zu lassen. Ich lerne auf meine alten Tage noch das Schreinerhandwerk!" Marlene strahlte. „Das ist ja phantastisch!"

Der Spaziergang führte sie durch die malerischen Straßen von Untergrombach, vorbei an kleinen Häusern und blühenden Gärten. Lena zeigte ihnen, wo ihre Rettungswache stand und Bruno genoss die Aufmerksamkeit und die Freiheit, herumzutollen und die Welt zu erkunden.

Als sie an einem kleinen Park vorbeikamen, schlug Lena vor, eine Pause einzulegen. „Lasst uns hier ein wenig ausruhen", meinte sie, „und die Sonne genießen."

Sie fanden eine Bank unter einem herbstbunten Baum und setzten sich, während Bruno sich im feuchten Laub wälzte. Dicht aneinander gedrängt, Annika auf Marlenes Schoß, wärmten sie sich auf.

„Es ist so friedlich hier", bemerkte Seraphina, als sie sich umsah.

„Ja, manchmal ist es das Einfachste, was am meisten zählt", sagte Johann. „Ein ruhiger Ort, gute Gesellschaft und ein wenig Sonnenschein."

„Und Klopapier!", ergänzte Annika. Die beiden lachten über ihren Insiderwitz.

„Ja, da hast du recht", stimmte Marlene zu und lächelte. „Manchmal vergessen wir, wie wichtig diese kleinen Dinge sind."

„Und wie geht es euch, Mädchen?", fragte Lena Annika und Seraphina.

„Mir geht's gut", antwortete Annika. „Ich freue mich, dass Phina jetzt so viel glücklicher ist. Und Mama auch."

„Ich freu' mich auch!" Seraphina rollte sich mit Bruno im Gras herum. „Ich habe das Gefühl, als hätte ich eine schwere Last abgeworfen."

„Das ist wunderbar", lächelte Lena. „Ihr habt beide so viel durchgemacht. Es ist schön zu sehen, dass es euch besser geht."

„Danke, Lena", entgegnete Marlene. „Ihr beide habt auch eine große Rolle dabei gespielt."

„Wir schulden euch so viel. Da sind wir froh, helfen zu können", sagte Johann. „Wir alle brauchen manchmal Unterstützung."

„Das ist wahr", stimmte Marlene zu. „Der letzte Teil, meine ich. Ihr schuldet uns nichts!"

Die Enkstätters lächelten dankbar.

Sie verweilten noch eine Weile im Park, genossen die Ruhe und die Sonne, bevor sie sich auf den Rückweg machten. Bruno sprang wieder aufgeregt umher, als wüsste er, dass es nach Hause ging.

Der Spaziergang endete mit einem Gefühl der gegenseitigen Dankbarkeit und Verbundenheit.

Sie hatten gemeinsam schwierige Zeiten überstanden und waren dadurch stärker geworden. Als sie sich schließlich voneinander verabschiedeten, war klar, dass sie nicht nur Freunde, sondern eine erweiterte Familie geworden waren.

Der erste Zauber

Nach dem erfüllenden Hundespaziergang mit Lena und Johann kehrten die Falkners in ihre Wohnung zurück.

Während sie sich bei einer Tasse dampfenden Tees am Küchentisch aufwärmten, bemerkten sie ein sanftes Klopfen am Fenster. Eine pechschwarze Katze saß dort, deren grüne Augen im Licht schimmerten.

Annika erkannte sofort Nepomuk und eilte zum Fenster, um es zu öffnen.

„Hallo, Annika", schnurrte der Kater mit seiner hellen Stimme, als er geschickt ins Zimmer sprang und sich auf dem Küchentisch niederließ.

„Ich bin gekommen, um dir zu deinem Erfolg zu gratulieren."

Das Mädchen strahlte vor Freude.

„Danke, Nepomuk!", rief sie aus. „Es war nicht einfach, aber ich habe es geschafft."

Nepomuk miaute anerkennend, während er sich selbstvergessen das Fell leckte. „Ja, du hast die sieben Aufgaben gemeistert. Nun ist es an der

Zeit, dass ich dir deinen ersten Zauberspruch beibringe."

Er legte sich hin und begann in Ruhe, sich am Bauch zu putzen. Die Falkners sahen einander an, während die Katze ihr Fell pflegte, und Annika trat unruhig von einem Fuß auf den anderen.

Dann endlich bat Nepomuk sie, ihm die sieben silbernen Schmetterlinge zu zeigen.

Sie holte das Tuch aus ihrer Tasche und breitete es auf dem Tisch aus. Der Kater erhob sich und schritt einmal bedächtig um den Schatz herum, begutachtete und beschnüffelte ihn und setzte sich dann daneben.

„Gut", maunzte er dann. „Die meiste Magie findet im Verborgenen statt, nicht vor aller Augen."

Die Falkners rollten mit den Augen, als er daraufhin anfing, seine Vorderpfote zu lecken und mit den Zähnen kleine Dreckkrümel zwischen den Ballen herauszuziehen.

„Decke sie deshalb wieder zu und halte deine Hand darüber", instruierte Nepomuk schließlich. „Konzentriere dich auf das fertige Armband und sprich: ‚Vlehy herbat Kt'hu, de schläh'n quathor'."

„Wie war das noch mal?", fragte Annika verwirrt.

„Es ist die uralte Sprache der Toten." Der Kater schien vorerst zufrieden mit dem Zustand seines

Fells zu sein und legte sich neben den Schmuck-
stücken auf den Tisch, wobei er mit seinem Po
beinahe Seraphinas Teetasse umstieß. „Eine der
wenigen Sprachen, auf die die Magie hört. Viele
Zaubersprüche wurden in ihr verfasst."

„Flehi herbat Kuh...", versuchte sie es.

Nepomuk jaulte gequält auf.

„Vlehy herbat Kt'hu, de schläh'n quathor", wiederholte er langsam. „Konzentriere dich und
sprich es langsam und deutlich aus! Diese Sprache ist mächtig und alt."

Nach mehreren Versuchen gelang es Annika
schließlich, die Worte korrekt auszusprechen.
Doch noch immer geschah nichts.

„Du musst es fühlen!", drängte die Katze. „Lasse deine Kraft frei und konzentriere dich auf
das, was der Spruch bewirken soll, während du
ihn sagst. Lass ihn nicht wie eine schüchterne
Bitte klingen, sondern wie einen Befehl!"

Annika schloss die Augen und atmete tief durch.
Dann blickte sie bestimmt auf ihre Hand über
dem Tuch und sprach mit fester Stimme die
magischen Worte.

Ein Windhauch durchzog die Küche und unter
Annikas Hand ertönte ein leises Klirren. Als sie
sie hob und das Tuch öffnete, waren die Einzelteile zu einem kompletten Armband mit Ver-
schlussstück verbunden.

„Das ist unglaublich!", rief Seraphina begeistert.

Marlene half ihrer Tochter, das Armband anzulegen und sah sie stolz an. „Du bist wirklich jemand Besonderes, Annika."

Nepomuk miaute zufrieden. „Ich heiße dich offiziell als Schülerin an der Zauberschule willkommen."

Annika strahlte vor Freude. „Danke, Nepomuk! Das bedeutet mir so viel."

Nachdem er seine Mission erfüllt hatte, sprang der Kater wieder auf die Fensterbank.

„Bis zum nächsten Mal, Annika", schnurrte er. „Wir sehen uns bald wieder – und dich auch, Seraphina."

Dann entschwand er in die herbstliche Abendsonne.

Die Falkners standen noch eine Weile zusammen, bestaunten das glänzende Armband um Annikas Handgelenk und sprachen über die Magie, die sie gerade erlebt hatten.

„Stell dir vor, was du alles lernen wirst!", rief Marlene aufgeregt.

„Ich kann es kaum erwarten", strahlte Annika. „Und nun, da der Fluch gebrochen ist, wird alles anders sein."

„Ja", lächelte Marlene. „Ab jetzt schmieden wir unser Glück selbst."

„Eines verstehe ich nur nicht", meinte Seraphina nachdenklich. „Was meinte Nepomuk damit, dass wir uns auch wiedersehen werden?"

„Ich weiß es nicht." Annika zuckte mit den Schultern. „Aber wer weiß, was du jetzt alles erreichen kannst, wo du keine Angst mehr hast?"

„Ja, und das habe ich dir zu verdanken", sagte Seraphina und umarmte ihre Schwester glücklich. „Ich weiß gar nicht, wie ich dir danken soll."

In diesem Moment fiel ein helles Licht durch das Fenster, als wäre plötzlich die Sommersonne aufgegangen. Verblüfft sahen sie nach draußen und stellten fest, dass ihr ehemals toter Vorgarten, mitten im Herbst, in voller Blüte stand – eine Explosion aus Farben und Leben, schöner als je zuvor. Und mittendrin, zwischen Sonnenblumen und Kaiserkronen, glänzte Annikas Einhorn – dessen Wrack noch immer dort gelegen hatte – wie frisch aus dem Ei gepellt.

„Das ist unglaublich!", rief Marlene. „Wie ist das möglich?"

Alle Augen richteten sich auf Seraphina, die mit offenem Mund dastand. Langsam begriffen sie, dass dies ein spontaner Ausbruch ihrer Magie gewesen sein musste.

„Phina, hast du das gemacht?", fragte Annika erstaunt.

„Ich… Ich weiß nicht", stammelte ihre Schwester. „Ich habe nur an schöne Dinge gedacht…"

„Das bedeutet, du hast auch Zauberkräfte!", rief Annika aus.

Die Mädchen fassten sich an den Händen und hüpften tanzend im Kreis, während sie jubelten und lachten.

Marlene umarmte ihre ältere Tochter, als sie sich wieder von Annika gelöst hatte. „Das ist wirklich wundervoll, Schatz! Du hast so viel Potential."

„Ich kann es kaum glauben", flüsterte Seraphina, noch immer überwältigt von der Entdeckung.

„Das ist der Beginn eines neuen Kapitels für uns alle", verkündete Marlene, mit Tränen der Freude in den Augen. „Ein Leben ohne den Fluch, ein Leben voller Möglichkeiten."

Sie standen noch eine Weile zusammen, bewunderten den blühenden Garten und sprachen über die Zukunft, während die Sonne golden hinter den Bergen am Luminarasee versank.

Annikas erste Reise war zu Ende gegangen, doch für die Falkners hatte das Abenteuer gerade erst begonnen.

„Es kommt nicht darauf an, was wir im Leben erreichen. Es zählt, was wir im Herzen tragen – doch noch viel mehr, welche Spuren wir in den Herzen der Anderen hinterlassen."

(Virenna)

Anhang: **Die Tränen der Fee**

Die folgende Geschichte erhielt Annabell zusammen mit dem Paar Ohrstecker, das sie mit sieben Jahren zum Ohrlochstechen geschenkt bekam: rosane Kristallherzen in silberner Fassung, mit kleinen Krönchen darauf.
Die Geschichte spielt rund 1200 Jahre vor Annikas Geburt.

Die Tränen der Fee

Es war einmal, an einem wunderschönen Morgen im Lande Chirnanok.
Bienen summten zwischen den pinkfarbenen Blüten der Grotusbäume und ließen erahnen, dass es ein besonders guter Jahrgang des berühmten, rosanen Honigs werden würde; eine Spezialität, für die Chirnanok in aller Welt bekannt war. Die Vögel zwitscherten vergnügt von den Dächern des weißen Schlosses und jagten einander spielerisch um die Türme.
Prinzessin Alisea genoss die warmen Sonnenstrahlen, während sie lachend durch den großen Garten rannte, so schnell, dass ihre langen, blonden Haare im Wind flatterten und ihr roséfarbenes Kleid sich immer um ihren kleinen Körper zu wickeln versuchte.

Sie lief mit einem weißen Schmetterling um die Wette, bis hinunter an den See, der hinter dem Schloss tiefblau zwischen den Bergen glitzerte. Am Ufer angekommen, ließ sie sich, völlig aus der Puste, in den feinen, weißen Sand fallen. Und während sie so auf dem Rücken lag und in den azurblauen Himmel blickte, landete der Schmetterling auf ihrem Fuß, als ob er auch verschnaufen müsste.

Plötzlich vernahm sie leise Schritte hinter sich. Sie setzte sich auf – weshalb der weiße Falter erschrocken das Weite suchte – und blinzelte gegen das Licht, um zu sehen, wer denn da kam. Erfreut erkannte sie, dass es ihre Freundin Virenna war: die gute Fee, die das Land seit hunderten von Jahren vor dem Bösen beschützte. Ihre blauen Flügel schimmerten in der Sonne wie Seide und Alisea fragte sich, warum Virenna wohl überhaupt jemals zu Fuß ging – fliegen musste doch viel schöner sein!

„Hallo Kleine!", lächelte die Fee.

„Hallo Viri! Magst du mit mir ein bisschen Schakot spielen?"

„Später vielleicht." Die Fee setzte sich neben die Prinzessin an den Strand. „Ich wollte mit dir über was reden."

„Über was denn?"

„Du willst doch irgendwann Königin werden, nicht wahr?"

„Ja! Wenn meine Mama zu alt wird für den Thron, dann werde ich die Krone von Chirnanok bekommen."

Virenna nickte. „Genau. Aber du weißt, dass die Krone nicht das Einzige ist, was die Königin trägt."

Alisea neigte den Kopf zur Seite. „Ja. Die Probe der Güte…"

„Jede Prinzessin muss sie bestehen, wenn sie einmal Königin werden will", pflichtete ihr die Freundin bei. „Und wenn du das geschafft hast, bekommst du ein Paar wertvoller Ohrringe, damit es jedermann sehen kann."

„Ja, ich weiß." Alisea blickte zu Boden und malte mit dem Finger Muster in den Sand. „Aber ich glaube nicht, dass ich das kann."

„Aber natürlich kannst du das!", rief die Fee. „Es braucht nur noch die richtige Gelegenheit. Aber der Moment, wo du jedem beweisen kannst, was für ein guter Mensch du bist, wird sicher bald kommen."

„Ich weiß nicht…" Sie verwischte die Linien im Sand und begann von Neuem mit dem Malen.

Virenna lächelte gütig. „Du hast Angst vor den Ohrlöchern, oder?"

Das Mädchen nickte.

„He…" Die Fee strich ihr eine goldene Strähne zurück. „Ich war dabei, als deine Mutter ihre Ohren durchstochen bekam, und deine Groß-

mutter, und viele vor ihr. Du brauchst dich wirklich nicht zu fürchten. Und es ist eine große Ehre, solche erlesenen Ohrringe tragen zu dürfen!"

„Ja…"

Sie legte ihr die Arme um die Schultern. „Du wirst sehen, wenn der Tag gekommen ist, wird die ganze Angst verflogen sein, weil du dann unglaublich stolz auf dich sein wirst. Jetzt gilt es nur noch etwas zu finden, womit du deine Güte beweisen kannst. Deshalb bin ich hier."

Die Prinzessin blickte auf. „Warum denn?"

Virenna deutete auf eine Bergkette am anderen Ufer des Sees. „Dort hinten, im Osten, sind viele Menschen sehr traurig. So sehr, dass dort alle Farben aus der Welt verschwunden sind. Das Gras, die Bäume, die Blumen, die Schmetterlinge – alles ist nur noch grau."

„Warum denn das?", fragte Alisea neugierig.

„Niemand weiß es", entgegnete die große Freundin. „Von einem Tag auf den anderen ist ihre ganze Freude verschwunden! Das wäre doch genau das Richtige für dich: Versuche ihnen das Lachen zurückzubringen! Mache das Land wieder bunt!"

Die Prinzessin nickte eifrig. „Ja, das will ich tun! Aber wie?"

Die Fee stand auf und reichte der Kleinen die Hand. „Das werden wir zusammen schon her-

ausfinden. Ich komme mit dir dorthin, wenn du möchtest!"

„Au ja!" Alisea ergriff die Hand und stand auf. „Ich werde gleich meine Eltern fragen!"

„Das brauchst du nicht." Sie klopfte dem Mädchen den Sand von seinem Kleid, der frech daran hängen geblieben war. „Deine Eltern sind schon bei Sonnenaufgang dorthin gefahren. Wenn wir gleich losreiten, können wir ihre Kutsche noch einholen!"

„Na, dann auf!" Alisea rannte los. „Wer zuletzt am Stall ist, hat verloren!"

Der Schotterbelag des Weges knirschte unter den hölzernen Rädern, als die Kutsche über den östlichen Gebirgspass rumpelte.

„Dahinter kann nur Merlock stecken", meinte König Anton.

„Ja", stimmte die Königin zu. „Er riskiert es wirklich, nach all den Jahrhunderten, Krieg in unser Land zu bringen!"

„Einen so bösen Zauberer hat es seit Generationen nicht gegeben." Die Miene des Königs war finsterer als die tiefschwarze Schlucht, die tief neben dem Weg gähnte. „Er verkauft tatsächlich das Glück an die Finsterfürsten von Dreagmore!"

„Das hatte er schon lange vor. Er wusste nur bislang nicht, wie." Die Königin seufzte. „Wir hät-

ten Alisea sagen sollen, wohin wir fahren."
Der König legte den Arm um seine Frau. „Ach Silena, es war besser so. Sie hätte sicher mitkommen wollen, und das wäre zu gefährlich für sie!"
„Ich weiß. Ich hoffe nur, dass wir noch eine friedliche Lösung finden können. Aber ich habe so ein Gefühl, als würde etwas Schlimmes…"
Plötzlich gab es einen heftigen Ruck, als die Kutsche abrupt zum Stehen kam. Die vier schneeweißen Schimmel, die sie zogen, wieherten und schnaubten aufgeregt.
„Was ist da los?" König Anton beugte sich aus dem Fenster. „Kutscher?"
Doch anstelle des Kutschers saß auf dem Bock nur eine Figur aus Stein, die Zügel noch immer in der Hand.
„Um Himmels willen!" Der König riss die Augen auf. „Silena, wir müssen schnell hier weg! Komm, raus aus der Kutsche!"
Aber es war zu spät. Ein düsteres, gemeines Lachen hallte zwischen den Berghängen wider.
„Ihr Narren! Ihr könnt mich nicht aufhalten! Ich hoffe, ihr macht euch gut, als Statue im Schlossgarten!"
Das Lachen verebbte, als die rosanen Muster und das goldene Wappen an der Kutsche so grau wurden, wie alles um sie herum.

„Das ist gruselig!", meinte Alisea. Ihr weißes Pony Aradas tänzelte nervös.

„Ja", pflichtete Virenna ihr bei, die mit flatternden Flügeln neben ihr in der Luft schwebte und mit dem Wind, den sie machte, ihre Haare zerzauste.

Vor ihnen lag eine triste, graue Einöde. Hinter ihnen war die Welt noch fröhlich und bunt. Es war, als hätte jemand eine Linie durch die Welt gezogen und dahinter alle Farben ausradiert.

„Komm, deine Eltern können nicht mehr weit vor uns sein!"

Alisea schluckte und schnalzte mit den Zügeln. Aradas schnaubte widerwillig. „Na komm schon, mein Freund! Ich bin ja bei dir!", versuchte sie ihn zu beruhigen, aber ihre zittrige Stimme verriet, dass sie gern selbst umdrehen würde. Dennoch, sie wollte ihre Eltern finden und den Menschen die Freude zurückbringen. Also schloss sie die Augen und ließ das Pony den ersten Schritt in das graue Land machen.

Die grau-weiße Sonne war kurz davor, hinter einem Berg unterzugehen, als Virenna plötzlich laut keuchte. „Nein, das kann nicht sein!"

Mit laut flatternden Flügeln schoss sie vorwärts, hinauf auf den höher gelegenen Teil des Passes vor ihnen. „Nein!"

„Was ist?" Alisea gab Aradas die Sporen und ließ ihn zu ihrer Gefährtin hinauf galoppieren.

„Nein Kleine, bleib weg!", rief die Fee.

„Warum denn schon gehen?", donnerte eine hämische Stimme. Hinter der versteinerten Kutsche trat ein Mann hervor. Seine schwarze Robe passte zu seinen ölschwarzen Haaren und seinem schwarzen Spitzbart, der ein kantiges, bleiches Gesicht verbarg.

Aradas stemmte die Hufe in den Boden und schlitterte zum Stillstand.

„Wer sind Sie?", rief die Prinzessin, bevor ihr Blick auf die Kutsche fiel. „Papa!"

Der König war im Aussteigen aus der Kutsche in der Bewegung eingefroren und zu Granit erstarrt. Die weiße Marmorstatue der Königin saß noch im Inneren.

„Mama!" Alisea sprang aus dem Sattel und lief zu ihren Eltern, während ihr die Tränen die Wangen hinunterrannen.

„Merlock!" Der Schreck in Virennas Stimme wich Wut. „Damit hast du es zu weit getrieben, Bruder!"

Sie riss einen Knopf von ihrem schneeweißen Kleid, der sich in ihrer Hand in einen Zauberstab verwandelte.

„Was denn, Schwesterlein, willst du etwa mit mir kämpfen?"

Die Fee richtete den Stab auf den schwarzen Mann. „Bitte, zwing mich nicht dazu!"

„Keine Sorge, Virenna. Ich zwinge dich zu

nichts…" Er hob die Hand und die Fee erstarrte. Wie Eisblumen am Fenster in einer Winternacht erblühten funkelnde, sternförmige Kristalle an ihrem Körper und breiteten sich rasch aus. „Du wirst eine wunderschöne Skulptur abgeben."

Die Tränen, die der entsetzten Fee aus den Augen traten, verwandelten sich in rosane Kristalle in der Form kleiner Herzen. Als sie zu Boden fielen, war Virenna nur noch eine glitzernde Statue aus reinem Diamant.

Merlock wandte sich zu Alisea, die weinend am Boden kniete, ihr Kleid – der letzte Farbfleck in der Umgebung – von aschgrauem Matsch besudelt. „So, süße Maus. Da habe ich ja richtig Glück heute. In Dreagmore wird man sicher einen guten Preis für dich bezahlen!"

Er ließ seinen Zeigefinger in der Luft kreisen und aus dem Boden sprang ein graues Seil, das sich um die Prinzessin wickelte und sie fesselte. Er hob sie hoch und legte sie wie einen Sack über den Rücken ihres Ponys. „Zeit aufzubrechen! Wir haben noch eine weite Reise vor uns."

Drei Tage waren vergangen.

Alisea saß mit ausdrucksloser Miene auf Aradas, der an einem unsichtbaren Seil hinter dem Rappen des Zauberers hergeführt wurde.

Ihre Eltern, Virenna. Waren sie tot? Sie wollte nicht glauben, dass sie sie nie wiedersehen wür-

de.

Was würde nun aus ihrem Königreich werden?
Und den traurigen Menschen in der grauen
Welt?

Und während sie noch ihren traurigen Gedanken
nachhing, kam sie ihrem eigenen Schicksal näher: Vor ihnen öffneten sich die weitläufigen
Sümpfe von Dreagmore. Das Reich der Finsterfürsten.

Plötzlich erhob sich, mit lautem Plätschern, ein
riesiger graubrauner Schatten aus dem Moor.
Stinkender Atem schlug ihnen warm und feucht
entgegen.

„Merrrlllock…", krächzte der Drache mit ras-
selnder Stimme. „Die Ffürrssten warten ßchon
auf dich."

„Dann bestell ihnen doch bitte, dass ich hier etwas ganz besonders Feines dabeihabe! Sie können schon einmal die Schatzkammer öffnen."

Mit einem Fauchen breitete die Echse ihre riesigen Schwingen aus und erhob sich in die Lüfte.

Kaum beeindruckt blickte Alisea dem Ungetüm
hinterher, zu der dunklen Silhouette einer
schwarzen Burg am Horizont. Sie fühlte kaum
noch etwas.

Die Sonne ging auf und wieder unter, und es zog
Tag für Tag über das trübe Land hinweg.

Die Finsterfürsten, so lernte Alisea bald, waren

griesgrämige, alte Herren, die selbst keine Freude empfinden konnten. Deshalb mussten sie sie von anderen stehlen.

So saß sie nun in ihrem Käfig, als einziger farbiger Fleck im Thronraum, und langweilte sich. Wie ein Bild an der Wand, das den Raum schöner machen sollte – oder die versteinerten Abbilder ihrer Eltern und Virenna, die als Dekoration auf Sockeln in der Halle standen.

Während der Fürst gerade nicht da war, kam ein Junge herein. Er war etwa so alt wie sie, hatte streng zurückgekämmtes, schwarzes Haar, graue Haut und trug einen dunkelgrauen Anzug mit schwarz-weiß gestreifter Krawatte.

„He!", rief sie. „Hast du Lust auf eine Runde Schakot?"

Der Junge blieb stehen und drehte sich zu ihr. „Was meinst du?"

„Schakot. Spielt ihr das denn hier nicht?"

Der Junge runzelte die Stirn. „Spielen? Was ist das?"

Die Prinzessin sah ihn ungläubig an. „Willst du sagen, dass du noch nie in deinem Leben gespielt hast?"

Der Junge zuckte mit den Schultern. „Ich glaube nicht."

„Meine Güte! Dann zeig ich es dir! Schakot ist ganz einfach. Alles, was wir dafür brauchen, ist ein kleines Tuch."

„Ein Tuch?", fragte der Junge argwöhnisch. „Wofür?"

„Eigentlich zwei. Um uns die Augen zu verbinden! Dann geht jeder von uns in eine andere Ecke des Raumes und wir drehen uns zehnmal im Kreis. Und dann müssen wir versuchen, den anderen zu finden", erklärte sie.

Der Junge sah sie verständnislos an. „Warum sollten wir das tun?"

„Weil es Spaß macht!", entgegnete sie frustriert.

„Spaß...", murmelte der Junge nachdenklich. „Spaß ist das, was Freude macht, oder?"

Alisea neigte den Kopf. Sie hatte noch nie darüber nachgedacht, was Spaß ist. „Ja, ich denke, das kann man so sagen."

Der Junge nickte. „Mein Vater sagt, dass Freude das wertvollste Gut ist. Und dass wir alles daran setzen müssen, um sie im Leben zu bekommen. Deshalb führt er einen Krieg gegen die aus Chirnanok. Damit wir uns ihre Freude holen können."

„Ihr wollt Krieg nach Chirnanok bringen?", rief die Prinzessin aufgebracht. „Das könnt ihr doch nicht machen! Warum macht ihr euch nicht einfach selbst Freude?"

Der Junge überlegte einen Moment. „Weil niemand weiß, wie das geht. Du sagst, du kannst mir zeigen, wie man Spaß hat?"

„Ja... Ja, das könnte ich! Aber lasst unser Land

in Ruhe!"

„Wenn du mir wirklich Freude bringen kannst, dann kannst du es vielleicht auch bei meinem Vater. Er ist der Fürst dieses Landes. Wenn du ihm Freude bereiten kannst, dann muss er sie nicht mehr stehlen!"

„Dann muss ich es versuchen", meinte Alisea.

„Gut…" Der Junge trat an den Käfig heran. „Ich bin Prinz Cormian."

„Alisea, Prinzessin von Chirnanok."

„Na dann, Prinzessin… Versuche nicht zu fliehen! Der Raum ist von Wachen umstellt."

„Nein, ich verspreche es!" Sie legte eine Hand auf ihr Herz.

„Also, dann zeig mir dieses… Schakot!" Er winkte einem Wächter an der Tür, der hereinkam und die Käfigtür aufschloss.

Sie lächelte schwach. „Tücher?"

Schon bald fiel Schnee und bedeckte die Sümpfe mit einer glitzernden, weißen Decke aus Puderzucker. Die Tage kamen und gingen, der Schnee schmolz und irgendwann ließen sich sogar einige singende Vögel in Dreagmore sehen, als eine schwarze Gestalt den gewundenen Pfad zum Schloss beschritt.

Merlock ging geradewegs durch das verschlossene Tor der Burg hindurch, als sei es aus Luft, und marschierte direkt in den Thronsaal.

„Was in Teufels Namen geht hier vor sich?",
donnerte er.

Der Thronraum war mit bunten Tüchern behangen, Leute jonglierten mit Bällen oder warfen sie sich zu, ein paar hüpften auf einem Beim herum oder rannten umher und spielten Fangen.

„Ah, Merlock, auf Sie haben wir schon den ganzen Winter gewartet!", begrüßte ihn der Fürst.

Der trug nun einen roten Mantel, hatte seinen langen Bart zu Zöpfen geflochten, die er mit weißen Schleifen zusammenhielt, und – er lächelte!

„In der Tat hatten Sie recht, als Sie sagten, dass Sie hier etwas besonders Wertvolles für mich hätten!" Er deutete auf Alisea, die mit Cormian auf dem Boden saß und mit ihm in irgendein Spiel mit Kieselsteinen vertieft war.

„Was ist hier geschehen?", wollte der Zauberer wissen.

„Die junge Dame hat uns gezeigt, was Spaß ist", erklärte der Fürst. „Wir machen uns nun unsere Freude selbst – und benötigen Ihre Dienste nicht länger."

Merlock zog ein grimmiges Gesicht. „Glauben Sie etwa, ich lasse Sie einfach so damit davonkommen?"

„Das werden Sie wohl nicht tun, oder?", meinte der Fürst trocken.

„Darauf können Sie Gift nehmen!" Der böse

Magier erhob seine Hand gegen Alisea und Cormian.

Plötzlich zischte ein Pfeil aus einem dunklen Winkel des Thronraums und pflückte das silberne Ankh (☥) von der Halskette des Zauberers. Es fiel zu Boden und zerbrach.

„Darf ich vorstellen?" Der Fürst wies in die Ecke, aus der der Schuss gekommen war. „Worelian, mein bester Krieger."

Merlock blieb wie angewurzelt stehen – ohne den Anhänger um seinen Hals, konnte er seine Zauberkräfte nicht einsetzen. „He, hören Sie... Wir können doch über alles reden!"

Auf eine weitere Geste des Fürsten traten zwei Wachen heran und packten den bösen Mann. „Leben Sie wohl, Merlock!"

Daraufhin wurde er aus dem Thronsaal gezerrt und aus der Burg geworfen.

„Dafür werde ich mich rächen!", brüllte der gedemütigte Schurke. „Ich schmiede mir ein neues Amulett, und dann wird meine Rache furchtbar sein!"

Wutschnaubend wandte er sich um und marschierte mit großen Schritten über die steinerne Brücke, welche die Burg über den Sumpf mit dem Weg verband.

Auf einmal ertönte ein lautes Plätschern, ein kurzes Fauchen – und der Drache sprang aus dem schlammigen Wasser. Mit einem Bissen

verschlang er Merlock und tauchte sogleich wieder in den Morast ab.

Ein eigenartiges Summen erfüllte den Thronsaal. Plötzlich klirrte es, und die steinernen Statuen zersprangen auf ihren Sockeln in tausend Stücke.

An ihrer Stelle standen nun König Anton, Königin Silena, der Kutscher und Virenna.

Alisea sprang auf und rief: „Mama, Papa!" Sie rannte in ihre Arme.

„Das hast du großartig gemacht, Kleines!", lobte sie ihr Vater, während er sie fest an sich drückte.

Virenna trat heran, mit einem breiten Lächeln und Freudentränen in den Augen.

„Danke! Du hast uns gerettet. Und auch alle Menschen in Chirnanok."

Alisea sah zu ihrer Freundin. „Wieso, was habe ich denn getan?"

„Durch deine guten Taten hier hast du es möglich gemacht, dass Merlock besiegt werden konnte. In dem Moment, als er starb, wurde alles, was er je gezaubert hat, wieder so wie es vorher war. Das heißt, dass Farbe und Glück wieder in die Welt zurückgekehrt sind. Und wir sind wieder lebendig!"

Die Prinzessin fiel der Fee um den Hals. „Ich bin so froh, dass ihr wieder da seid!"

Einen Augenblick später öffnete Virenna ihre Hand und darin lagen zwei rosafarbene, herzför-

mige Edelsteine. „Die Tränen, die ich auf dem Gebirgspass vergossen habe. Sie sind immer noch in Stein, da es sie ohne Merlocks Tun nie gegeben hätte."

Sie legte die Kristalle in Aliseas Hände. „Ich würde sagen, daraus werden ganz besondere Ohrringe werden, die einer zukünftigen Königin mehr als würdig sind."

Das Königspaar pflichtete ihr bei und dann begann Alisea zu erzählen, wie sie in den vergangenen Monaten die Freude nach Dreagmore gebracht hatte.

Schließlich verabschiedeten sie sich von der Familie des ehemaligen Finsterfürsten und machten sich auf den Weg nach Hause.

Die Sonne schien wieder golden und warm, die Grotusbäume blühten in leuchtendem Pink und die Vögel zwitscherten vergnügt von den Dächern des weißen Schlosses.

Musik erklang aus dem feierlich geschmückten Thronsaal, in dessen Mitte sich ein Podest befand, umgeben von Gästen in prächtigen Kleidern und Gewändern. Darauf wartete der königliche Goldschmied mit einem silbernen Tablett, auf dem ein paar Ohrringe lagen: rosafarbene Edelsteine in der Form von Herzen.

Alisea bestieg das Podest und sah zu ihren Eltern, Virenna, Cormian und dem Fürsten von

Dreagmore hinüber, die lächelnd in einer Reihe standen und ihr ermunternd zunickten.

Sie legte den Kopf zur Seite und hielt mutig ihr Ohr hin, als der Schmied nach der goldenen Nadel griff.

Alisea lebte noch viele Jahre lang im Lande Chirnanok und wurde eine gute Königin. Als sie erwachsen war, heiratete sie Cormian und lebte für immer glücklich mit ihm. Die beiden regierten eine lange Zeit als König und Königin gütig über ihre beiden Länder.

Als eines Tages ihre Tochter den Thron bestieg, gab Alisea ihre Ohrringe mit Virennas Tränen an sie weiter. Und bis heute wandern die Steine, von Generation zu Generation, zu einem besonders guten und mutigen Mädchen.